博客思出版社

愛，網

about love

鵑芝

55 篇關於愛的話語，有深情、有悲傷，

因為有愛——愛別人，更愛自己，我真正快樂的活過！

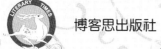

推薦序一

鵑芝是我的聽眾，默默聆聽我的聽眾，我們甚至從未謀面，卻彼此喜歡、欣賞——她喜歡我的說話和我的歌，我則欣賞她的作品。

她敏銳的感受著一切；她的文章筆觸簡潔有力、意涵深遠，故事深具張力、寓意寫實，所使用的詞句除了鮮明活潑而清新，亦不失犀利灑脫；她所使用的文字有著不容小覷的魅力和穿透力，如自窗台照進的日光所灑落的一地水晶般，光芒耀眼更充滿能量。

「愛，網」一書是鵑芝一直以來用心耕耘的成果，同時也是她人生智慧的極致發揮，而她在書中投注了多元的情感，並藉以感受生命和體驗生活，總之，這是一本讓我深刻愛戀而貼近我心的創作，是非常具有價值的作品，我很開心能看到它呈現在愛文者眼前。

有幸能為她寫推薦序，思安於滿心歡喜之餘，也送上最溫暖的祝福。

屬於鵑芝的網路文學創作時代來臨了！願與您一起浸潤在具備內涵、純粹而蔚為菁華的作品之中，享受文字世界的美麗、璀璨以及感動！

台語歌曲天后／廣播節目及大型活動名主持人／選秀歌唱比賽評審／專業配音員／歌唱訓練養成班老師／工商廣告品牌代言人

台灣的女兒　思安美眉　陳思安　於二〇一三年一月十日午後

推薦序二

文字的精彩不因呈現方式的不同而改變，因此不管是連載中的專欄、電子書，或是集結成冊的單行本、收藏用的精裝本，精彩的文字具備虹一般的美感──彩虹不一定在雨後出現，也可用三稜鏡隨傳隨到，我們每天看到各式各樣的顏色，但有多久沒看到彩虹了呢？

「愛，網」之中每個章節都有特別的屬性，紅色熱情、橙色奇幻、綠色平和、藍色憂鬱、紫色浪漫，全部貫串起來，是一道漸層美麗的虹，多彩且多姿。

鵑芝的文字世界裡有手足之情、從異國來的親情、網路友情、錯綜但不算複雜的男女感情，以及作者的感性獨白……

生活在五花八門的工商網路社會裡，我們每日從電視或網路獲得爆炸的資訊量，人際互動關係也越趨複雜，許多人往往在乎著追求不到的感情、得不到的東西，得到之後又想掌控它們，但卻無法好好予以處理，也忘了我們之所以能夠健康長壽的生活在大觀園般的世界裡，不過是因為幸運，於是在貪求著更多的感情與物質的同時，慢慢遺忘要知足與惜福。

個人主體保有自主權力，現今女性已不受男尊女卑的傳統思想束縛，在這裡我們可以見到家庭秩序的轉變與網路交誼的興起、因網路而生的特殊俚語俗句，鵰芝以流暢的筆觸與親和的導遊口吻，帶著我們俯瞰台灣當今的社會現狀，這半傳記半小說之中的故事可能就發生在你、我身邊，也或者你、我正身處於同樣的故事裡面，它可以讓我們將靈魂從自身抽離而出，重新檢視自我的真正面貌。

鵰芝自稱是古道熱腸的女俠，這讓我聯想到湘雲——紅樓夢裡的史湘雲，感性瀟灑，真名士自風流，這是一本值得珍藏的佳作。

寫給鵰芝，也寫給有幸與我一起分享她的文字世界的讀友們。

好友蕭永敬

推薦序三

很高興聽到鵑芝要出書的消息。

和她認識是在三年前，由於某些原因，我來到奇摩部落格，也因緣際會進入她的格子，就這樣開始了文字及情感的交流。

這是一本關於「愛」的書，裡面有親情、愛情與友情等等，相信你們看完後會發現，這些故事並不陌生，也許它們正在你的身邊上演，也因為如此，我更能融入其中。

透過鵑芝的文字，我嘗試以不同的角度去領悟生命中的點點滴滴，也讓我重新思考故事背後人與人之間的交集與對我的影響。

希望這本書能帶給所有讀者全新的感受。

好友何綉瑩

推薦序四

和鵑芝一起長大，看著她由文藝少女而文藝熟女，一路走來，她對文字的熱誠與愛不釋手，我看在眼裡，佩服在心裡。

出書是她的目標與夢想，一步一腳印，她能一心一意朝目標與夢想前進，努力與不懈的毅力使我自嘆難以望其項背。

在「愛，網」一書中，我見到身為女性的甘與苦，女性亟望被疼惜，在男性貼心的呵護之下，她們溫柔且愉悅，一如依人小鳥，並從中找到自己；而當情愛遠去，留在原地以承擔最大傷痛的也同樣是女人，因被遺棄而衍生的自怨自艾可能一輩子難以撫平。

然而，於世代變遷後的今日，女人變得堅強而更具韌性，深受情傷、為其所苦不再是她們的專利，男性也可能面對相同的困境，我不知道這算不算是一種進化，只希望無論性別為何，人人都能安然度過因愛情而受盡考驗的歷程。

而網路世界虛擬化的人際關係和現實生活中的一樣，都屬於不容易的一環，人們日日透過電腦螢幕與他人交誼，不管是談天說地、閒話家常或知識交流，常由於親切感十足而沉緬，又在距離製造出來的美感之下漸漸失去防備，以致任意逾越人我間的界線，其後果可輕可重，實不得不謹慎行之。

上網既已成為人們生活的一部份，我想，真誠而不過分投入的態度足以使遨遊在網路世界中的每個人都悠然自得，樂享現代科技所提供的便利。

邀請大家一同進入鵰芝筆下的花花世界。

好友林佩穎

自序——悲喜都淋漓

有人問我：「妳為什麼喜歡寫作？」

我努力的想了一下——是什麼時候的事呢？成為「字」虐狂。

依稀記得，從識字開始，我就很喜歡看課外讀物，只要有一本閒書，就可以安分且安靜的沉醉其中，自得其樂上幾個小時；國小時期的朗讀和演講、國中時期的漫畫和小說，應該也是讓我戀上文字的推手；更別提爾後包羅萬象的各類書籍，只要是看得下的，什麼都看，所謂讀而優則寫，於是一頭栽進文字所編織而成的層層疊疊的網，就這麼再也脫不了身。

又有人對我說：「如果愛情太苦，就放棄它。」

我先是在心中打了一個大大的問號，然後回過頭去翻找以前的文章，對耶！關於愛情和兩性之間，我還真寫得不少，理由何在？一時之間也沒個具體的答案。

「童年和愛情有很密切的關係，女人容易欣賞具紳士風度的男性……女人在這樣的戀愛關係中延續了童年。」某位作家說，然而童年已經離我太遙遠，遙遠到令我無法清楚的回憶起當時是否曾有缺憾。

「當愛伸出雙翅擁抱你，順服他吧！即使藏在他羽翼下的利刃會傷了你。」紀伯倫先生所闡述的似乎更符合我的心境寫照。

女人天生多情——至少是多數的女人，再怎麼堅強，在愛情之前，我們變得柔軟而小女人，唯有愛可以教我們奄奄一息，也引領我們重獲新生。

然而現實生活中，我的愛情很平凡，或許是因為這樣，我才轉而企圖在寫作中獲得一些補償，假裝我擁有很浪漫唯美的愛情；有時甚至辯稱自己很清醒，好像我不食人間煙火。

是故，「愛，網」不僅結合了我對寫作的熱衷與對愛情的憧憬，它更是我的夢想的實現

——說是夢想，其實又頗貼近真實，若非因緣際會在網路上接觸到幾位雖素昧平生，卻不吝同我分享心情故事的朋友，承蒙他們給予最高等級的支持與鼓勵，只怕這本書將遲遲無法完成。

不得不相信我是幸運的。

每當在媒體上看到殉情的新聞，我總是難過而氣憤的想：「為什麼不能把為愛而結束性命的勇氣拿來好好活下去？」

我多麼希望能讓大家知道，即便是歷經失去愛情的創痛，依舊可以活得悠然自得。

我很榮幸能現身說法。

而這些日子以來，每於寫到饒富趣味處，有時不可自抑的對著空氣哈哈大笑；行到疲軟無力時，偶爾旁若無人的哭到淚如雨下，我愛如此無論悲或喜都暢快淋漓的自己。

但願在遙遠的將來，甚而是我告別這個世間的那一刻，我依舊堅持著自己的初衷，於是可以高聲歡呼：「因為有愛——愛別人，更愛自己，我真正快樂的活過！」

目錄

有沒有一種感情，它不很親密，卻也不疏遠，而能夠讓人覺得如沐春風？有沒有一種關係，建立於給予的人不求回報的付出，使領受的人得到寬慰，於是教彼此都愉悅自在？

我們

熱到爆。

悶到快要發狂的我就像一顆爆漿奶油餐包，只是噴出來的是汗水，或許還有幾滴肥油，以為這樣體重就會減少，正暗自竊喜，但站上磅秤後，又不可置信的跳了下來，「歐買尬！耐乀安捏！」我慘遭雷擊。

「還說咧！妳不但卯起來狂吃狂喝，而且能不動就不動，還奢望流幾顆汗水就能變得輕盈，那才真的是見鬼了！」是另一個我在OS，我有和自己對話的習慣。

「矮芽，人家沒有你說的那麼好啦！羞。」此時，就要搬出蠟筆小新的台詞，溫文儒雅的偽裝含蓄一番，給它含糊帶過——本人平生無大志，只求能吃也能喝，何必剝奪我僅存的、少得可憐的快樂？那還活著幹嘛？

我要等這個夏天過完再減重。

今天可以拿來解熱的事是鄭小升申請的高中放榜了，他們班上有五個人考上第一志願。查榜的時候，實在是太緊張了，三個人、六隻眼睛都沒有看到他的名字，只好手足無措的倒帶回去。還好，這一次總算看到宇宙無敵、世界無雙、可愛到爆的「鄭小升」三個字，正待歡欣鼓舞，沒想到他竟然冒出一句：「其實我有些沒把握。」

哇哩咧！

「我還以為你穩上的，原來你自己卻不是很有信心啊！」嚇得他老娘我冷汗直流。阿彌陀佛，感謝鄭家的列祖列宗，感謝我和他阿爸，含辛茹苦幫他籌了三年的補習費，這孩子總算爭氣。

說到「鄭」姓，我的朋友「風」說，有位同事請他幫忙替才出生的女兒取名字，他煞有介事的告訴我：「妳來評評理，『鄭杏嬌』，多優雅的名字啊！我同事竟然笑到翻過去，笑完後還大罵我一頓，簡直浪費了我這奇才絞盡腦汁想出來的點子。」

你聽他在瞎扯淡。

「喂！沒禮貌！叫我家小白咬你！」我笑到上氣不接下氣：「還好我沒生女兒，要是聽信你這怪叔叔的話，幫她取那種難登大雅之堂的名字，她不上FB跟我脫離母女關係才怪！」

「還是取名叫鄭正妹好了！」我意猶未盡。

認識近四年，縱使且分且合，我和風早習慣不拘小節的打打鬧鬧。這個傢伙一練起瘋話，我只有哭笑不得的份兒——不過是笑到岔氣的時候多啦，好比有一次，我call他，他劈頭就說：「我在ㄕㄡˇ 一ㄣˊ。」

「啊？」我懷疑我的聽力出了問題。

「我在『首』都『銀』行辦事。」他在電話那頭奸笑，被耍了的我如果有雙可以無限延伸的橡膠手，一定拉長三百公里去掐住他脖子，扼得他臉色發青。

除了風，我還有一個朋友叫「雨」，是業餘的畫家，他說要幫我畫一幅畫像，我則答應要送他藤井樹和九把刀的小說。

成交。

願年年「風」調「雨」順。

我另外有個無話不談的朋友叫秀芸，她像轉動的陀螺一般忙碌，為了照顧生病的老爸和扛起高額的房貸，一個人兼兩份工作，幸好她很認命，「每天都像重新開機，用截然不同的心情面對生命。」她形容自己，開朗的性格給了我很多啟發。

同樣樂天知命的還有彬哥，他是個性情中人。

有過這樣的寒冬深夜，窗外飄搖著細雨微風，屋內悠揚著「微風細雨」（註：小提琴演奏），我與彬哥隔著網路對飲（註：酒後不開車，安全有保障）。

我說：「你穿衣服還挺有風格的。」

他說：「都幾歲了，還風格咧！」

我：「人家就是欣賞，你管！你只要安靜的享受被欣賞的沾沾自喜就好。」

他：「又沒飯吃。」

我：「不解風情。」

喝。

他：「算命的說我今年有桃花。」

我：「那你有小鹿亂撞嗎？」

他：「聽聽就好。」

我：「你太消極。」

再喝。

他：「剛才吃了兩個雞胗，如果是粉粉的肝，更好吃。」

我：「還好我們不同桌吃飯，不然一定搶著吃。」

他：「誰跟妳搶啊？我吃胗，肝給妳吃啦！」

乾杯。

這正是我所仰賴的友誼，無需計較誰懂不懂得誰，只有「桃李春風一杯酒」的豪邁，而無「江湖夜雨十年燈」的悲嘆。

有一天，「我失戀了！嗚……」R傳來簡訊。

「需要找人聊聊的時候不用客氣，雖然我是蒙古大夫，可能讓你藥到『命』除。」我回他。

後來才知道我的笑聲和他的有得拼，我是女巫，他是男高音，差不多的爽朗。

「有機會帶幾樣我種的菜給妳，是有機的喔！」他總是說，一樣是農家出身的他，帶著樸實的豪邁。

「好啊！都不知我垂涎已久——是對你的菜啦！」又是一陣狂笑。

因為烏龜長毛和其他族繁不及備載的原因，我在現實生活中的朋友寥寥可數，我的幾位朋友都是從網路「蹦」出來的，由於聊得來，我們的生命透過虛擬的平台有了實際的連結。除了秀芸與小江，我沒和其他人見過面。風甚至連他的本名都不告訴我，「當我穿著一件純白無暇的內褲，我自己知道就好；我的名字也一樣。」老小子說。

屁！

我不喜歡不被信任的感覺，誰都不喜歡。

但繼而一想，相逢何必曾相識？我們有緣相遇，珍惜這份機緣的作法是以真誠的心去體會並彼此對待，而並非取決於對方的外在、身分與其他附加條件——這些都是束縛。要不，就當他是「慾望城市」裡一直都姑隱其名的"Mr. Big"好了。

小江不也說過嗎——一個人是誰不重要，重要的是他做了什麼。

這些人和我，在生活上，我們忠實的盡著本分，努力的做著自己，這樣就夠了。雖然我們都在「網」（網路和友誼的串連）內，但也都隨時可以離開，沒有羈絆；就算離開，頂多記得偶爾露個臉宣告一聲：「我沒忘了呼吸，還生龍活虎著。」

跨越性別的界限，突破年齡的差距，撇開居住地點的隔閡，尤其沒有利益和感情的糾葛，他們都是我的開心果，除了小江，喔！小江——世上唯一一個讓我歡喜，也讓我憂的男生，也是讓我間接決定暫時不寫部落格的男生，他的故事和我們之間的故事說來話長，可能三天三夜也講不完。

從另一個角度看，我姑且放下部落格來寫書是正確的、有其必要性的，原因如下：

不是「老『林』賣瓜，自賣自誇」，憑我「柴」女級的文筆，不少網友曾鼓勵我出書；以故事代替評論，便不必承受無謂的撻伐——曾經有人留言給我：「這次又和誰槓上了？難道不能有peace talk嗎？」我又氣又惱又羞赧，自認與世無爭的我何時竟成了trouble maker？我不想花力氣與時間去辯駁，那只會讓我失去耐性與風度，還不如把虛耗掉的時間用來爬格子。

不信者恆不信，我已學會要將自己的清白置之度外，否則只有等著氣死或哭死。

再者，雖然老鄭平常對我上網的行為「睜一隻眼，閉一隻眼」，但只要我的電腦一出問題，他總會在幫我修復的同時，唸唸有詞道：「妳該不是又到處八卦或跟人家唇槍舌劍，鋒芒畢露了吧？所以人家來搗蛋！」

「冤枉啊！老爺！得罪別人我能有什麼好處？我一直都努力的廣結善緣呢！」即便我努力自清，始終無法甩脫三姑六婆的「美」名，所以，不如把「東家長，西家短」的實力用來寫點像樣的東西，萬一下次他又碎碎唸，我好歹能拿出「成績」來反駁說我已經改邪歸正——現在不嚼舌根，改成言之有物啦！

最後的一點則是，想我筆耕N年，在格子裡混了四年，除了視力嚴重退化、常感腰痠背痛、屁股越坐越大、小腹越擠越雄壯以外，可以說是雙手空空如也，如果連個代表作都沒有，我該問心有愧。

當然，附加一點，我想說的話實在多如牛毛。

是故，奮發圖強的時候到了。

言歸正傳。有時我想，為什麼我和男網友的關係反倒比和女網友親密？唉！我是女人，了解女人的情緒和脾性，權衡輕重之後，我只能說我更欣賞男人乾脆、豪邁，和一旦把妳當哥兒們，那種可以為妳兩粒插刀，打錯了，兩肋插刀的坦率。

如果風和我是「脫光光，笑到天光」的朋友，我和雨或小江或彬哥便是處於「蓋棉被，純聊天」的等級，可以說連「友達以上，戀人未滿」的邊都沾不上，我很難向你解釋那種純淨自然、一點也不曖昧的關係，因為它不需要被解釋。

等你遇到就會懂得，懂得那種神奇的fu，懂得自己有多麼幸運。

R說：「我們都需要為生命和情緒找一個出口。」我舉雙手雙腳贊成，每個人找出口的方法不同，自己的方法由自己作主並負責。

而我是愛冷感的女人（小江說那叫理智過頭的冷血），既然我不相信真愛的存在，就不該打著以它為名的旗幟跟人家互動，自然而然，兩個人之間不會產生超乎友誼的情愫，取而代之的是難能可貴的相知相惜。

不談戀情，也早過了玩一夜情的年紀，我只是個無害的大姐姐。

一開始，小江說他很難接受我的交友方式，他認為男女間沒有純然的友誼；他批評我太複雜、不夠專一，連「花心」這樣的形容詞都出現了（不過這好像是我開自己玩笑時編出來的，因為我警告他不可以愛上我），「這非關容不下一粒沙子的愛情。」我道，我們做了很久的溝通。

我不是國色天香，不可能人見人愛；我並非人盡可夫，不至於見人愛人。

我知曉愛情有多累人，「我沒有談情說愛的本錢了。」這是發自小江內心深處無力而一針見血的聲音，我頗有同感——人真的不需要活得那麼累啊！

只是，朋友間不一定所有理念都必須要彼此符合，互相學習與磨合可以讓雙方都有進步的空間。

只想陪我的朋友走一小段人生路，不管這條路是短是長；不管路上的風景是怎樣風景……對了，風參加他們社區辦的遊旅活動，要到南部來玩，說他要在西子灣唱「惜別的海岸」，要我注意收聽。

「風兒多可愛，陣陣吹過來，有誰願意告訴我，風從哪裡來？」我倒是哼著這歌。

風從台北來，四處去玩耍。

有風自遠方來，到了晚間果然涼快許多，託福了。

開心的玩，玩得開心喔，buddy。

我

我，處女座A型女，響叮噹的名號據說要人聞之喪膽。

記得有一次，風去吃牛肉麵，他在湯裡面發現一個塑膠袋；第二次去，他和兒子都吃飽了，家人點的麵卻還沒上桌，他忍無可忍，打電話去投訴。

客服人員向他解釋：「因為用餐時間客人太多，我們忙不過來，所以忙中有錯。」

因為……所以……？風要的是誠懇的歉意，而不是找台階下的藉口，他說：「越是忙碌，越是可以看出員工素質的高下。」

分析得不無道理，不愧和我同屬一個星座，我與有榮焉。

藤井樹的書——「從開始到現在」裡有段情節，女孩喜歡學長，但落花有意，流水無情，後來，她又交了一個男朋友，後來，學長考上女孩學校的研究所，兩個人不期而遇。

「他是誰？」男友問。

「他只是一個學長。」

「那他為什麼說我像他？」

「他真的只是我高中時吉他社的學長。」

「也是妳那時候的男朋友？」

「不，我們沒有在一起。」

「沒有在一起？這個答案不夠完美！我不接受！」

「那你告訴我，什麼是你要的完美答案？」

「實話就是完美的答案！」

「我說的是實話！」

「這不是個完美的實話！」

「我真受不了你們處女座的男人……」

啊？處女座又怎樣？

關於星座之傳說，我向來半信半疑；但某些時候，當我對自己或他人的行為舉止感到無法理解，所謂「知己知彼，百戰百勝」，它是輔佐我做自我分析或研究別人的工具。

關於處女座，以下是來自網路一言堂式的評論：

「具備豐富的理性，做事一絲不苟，但容易淪為冷酷。」

「狀態好的時候可以將自己聰明、細心等優良品質完全外放；一旦狀態不好，他們會躲藏起來，像是患了間歇性自閉症。」

而A型血人的特徵：「誠實嚴謹、有責任感、協調力強、善於察言觀色、沒法信任別人。」

交叉比對下來，A型處女座的人：

「自尊心極強，觀察和判斷力很明確。」

「因為把事情想得太完美的緣故，眼裡容不下一點污穢、醜陋的事，難免給人不通情理的感覺。」

「富有同情心，會盡力去資助和關愛別人，卻不冀望對方的回報。」

就像一聽到XX座，我們就會覺得他們很XX一般，我想，一般人對於處女座的第一印象總離不了挑剔、固執和吹毛求疵（加起來等於「難搞」），說到這個，我常覺得星座專家總像和處女座有仇似的，常一鼻子出氣的聯手起來批判兼醜化我們；尤其如果「不幸」剛好屬於這個很悶的星座，又加上這個很悶的血型，好像只有死路一條，要等到下輩子重新投胎才有希望，真叫人無法不有含冤莫白之慨。

為了強調星座之說只是提供參考，我不是很願意提出反證，免得在為人家的準確度站台之餘，還要等著人家來奚落，根本不符合經濟效益原則。

不過為了替自己洗刷冤屈，以免臭名萬世，我費盡千辛萬苦找到了這個：請不要被十二星座的人騙了——

「請別相信處女座愛嘮叨，處女座對不熟悉的人是不會嘮叨的；只有在面對自己所認定的朋友時，他們才會有這樣的表現。」

「請別相信處女座的執著，只有對於在意的人、事或物，他們的執著才會顯露出來，而這也是有前提的——如果事情超越了自身能力，他們可能是最快退出的一位。」

最後這裡說得很是中肯，非常貼近我的心。

特別強調一點，就算我喜歡吹毛求疵好了，我從來不認為世上有十全十美這回事——首先，人生不如意事十之八、九，生命中有悲傷與離別、病苦與死亡，由不得我們抗拒與掌控；其次，真要把事情做到完美，勢必要付出相當多的時間和心力，而人的體能有限，在不想過勞死的情況下，當求量力而為就好。

而生活中，碗用久了難免出現小缺角；摔過的原子筆會斷水；一本書翻著翻著會慢慢變舊；電腦不一定何時會故障……有什麼人或事或物是可以恆久維持原貌的呢？既然如此，我們怎麼還可能要求自己做一個沒有瑕疵的人？又如何以同樣的標準去要求別人？

摒除「不食人間煙火的完美主義者」的污名，其他的缺點應該就是小兒科了吧！

而替自己或他人貼標籤實在是件危險的事，人是多層面而且會改變的，當我們習慣用一套固定而僵化的模式去判斷一個人，而不是用「心」去觀察或給對方平反的機會，誤解於焉產生。

所以囉，真的不要再用天怒人怨等級的眼光看待處女座的烏龜長毛，而我也相信，從網友對我的關愛便可以推論而出，我毋庸置疑是平易近人、沒有殺傷力、愛好和平的處女座A型女。

我得意的笑。

秀芸

秀芸和我認識最久，她來過我家五次以上，我們還在一起睡過覺。我和她的聯絡不是持續性的，經常中斷，但一恢復聯繫，很快能找回熟悉的感覺。

五月底她回來寫格子，六月初我便介紹她和小江認識，小江把她當成小妹妹。

有一次我傳簡訊給秀芸，她吃了一驚，說：「認識快四年，妳第一次傳訊給我耶！」

「怎這樣說啦！都是因為小江啊，他上班時不方便講電話，我只能用這種方法和他說話。」

「可是妳本來又不會打字。」

「學啊！又不難，只是以前找不到學習的動機。」

「我嫉妒小江，妳對他比較好。」秀芸故意開我玩笑。

「我本來就是有異性，沒人性的呀。」我理所當然的說。

嘻嘻。

「妳還對我做過一件事，那是我有生以來的第一次。」秀芸說。

「啊？是什麼？我怎麼不知道？」

「我去妳家玩，妳烤土司給我當早餐，從來沒有人對我這麼好過。」

「那又沒什麼，三八才這樣。」

秀芸會來我的部落格是因為阿德的緣故，阿德會到格子和我打招呼是因為我們一樣是屏東人，而我的名字和他暗戀過的一個女生很像。

我和秀芸剛認識的時候，她正喜歡著另一個男生，她告訴我：「相遇後，我默默接受他對我的好，殊不知他只是對工作上的業務往來盡到應有的禮貌罷了；在我發現這樣的事實以後，一切都來不及了，我已耽溺在他不經意釋放出的溫柔裡。」

「喔！貼心的獅子男！」我讚嘆道。

「那年中秋節前夕，我想告訴他我喜歡他，在撥了幾通電話卻無人接聽後，我只好以簡訊傳達心意，巧的是，在我按下傳送鍵那一刻，陰錯陽差切斷了他打來的電話。」

「還真是無巧不成書啊！」

「我想，他應該收到我的簡訊了吧，我只有靜靜的等待，等待他的回音。」

「簡訊的內容是……」我問。

「我問他結婚了嗎。」

「他怎麼回答？」

「他可能嚇到了，我等了一會兒才收到回信，他說他有女朋友了。」

「接下來呢？」

「我當下第一個反應是，也對！他長得那麼帥，怎麼可能沒有女朋友？第二個反應是，完了！以後再見到他，我豈不是要糗到爆！」

「妳要問他之前，沒想過可能的答案喔？」

「我被愛情蒙蔽了咩！雖然心裡有些失望，不過就算他單身，我也不敢保證他會接受我，因此為了避免尷尬，我寫了一則消毒用的簡訊，跟他說我只是把想法告訴他，並不想讓他為難，希望我們再見面時，能像往常一樣。」

「他有回覆妳嗎？」

「有啊！而且很快，他要我別想太多，還祝我中秋節快樂。」

「他還挺夠意思的。」

「對啊！雖然他始終是別人的，這個男生會不會太好了？遇到這種尷尬的事，還能回答得這麼給它氣定神閒，而且還祝福我，我想我要不是遇到把妹高手，就是遇到好好人了。」

「希望是後者囉！」

「好在那個中秋節有好幾天的連續假日，回到公司後，我稍稍忘了告白失敗的窘態，之後雖然我們還是每天見面，但都只是短短的幾分鐘，而且我有自己的社交生活，即使假日見不到他，也不覺得有什麼。」

「妳算恢復得很快的。」

「我們也會偶爾通電話，但只侷限於上班時間；可不知從何時開始，我會在晚上打電話給他，他也沒有拒絕，我們就這樣聊開了，聊他的前女友（當下還是女友），無所不聊。」

「妳個性好啊，又很健談。」

「後來，由於我們兩個都愛唱歌，常常聊兩、三個小時後就相偕去KTV，痛快的唱通宵，管他隔天還要上班。」

「妳還真是豁出去了。」

「是啊！」秀芸又說：「告訴妳喔！他原本只是愛小酌兩杯，但酒癮卻越來越大，我覺得都是我害的。」

「怎麼說？」

「我知道他喝了酒後會打電話給我，所以常買酒送他。」

「沒想到妳也會耍小小的心機，不過那是因為妳真的喜歡他吧。」

「沒錯！我問過他為何不能正式接受我，他說他喜歡長得瘦瘦、高高、白白的女生，而我除了皮膚白以外，沒有一項條件符合他的要求。」

「妳比我好，我三項都不及格。」我嘆了一口氣。

「我說他的要求太高了，他說我是最了解他的人，而且他悲傷時我都在，所以我們不能在一起。」

「真怪的邏輯。」

「嗯，所以我頂他，當你悲傷，這麼脆弱的時候，最先想到的是我耶！這不就代表我在你心目中是很重要的嗎？」秀芸又道：「反正就這樣，非常、非常喜歡他的我不知不覺成了他的麻吉，只要他喝了酒，一定會想到我，於是我成為他晚上的、地下的情人，但我甘之如飴。」

「愛情沒有什麼道理可言，妳覺得值得就好。後來呢？」

「後來，反正就演變成我喜歡他，他喜歡我同學，我同學和已婚的男同學在一起……」

「他有了女朋友和妳，還喜歡上妳同學喔？」

「嗯嗯，我都開玩笑說得畫張關係圖才能釐清一干人等之間的關係。」

「的確。那最後你們怎麼了？」

「最後的結果是，我認識了阿德；前男友離開了傷心地；男同學離婚了；女同學偶爾和男同學搞曖昧。」

唉！沒有什麼規則可循的愛情啊，有人在其中獲得了想要的，有人則不；有人如魚得水，有人覺得水深火熱；有人花心，有人專一，沒有是非對錯，大家只是忠實的扮演著自己而已。

至於秀芸和阿德，他們是現任的男女朋友，感情穩定發展中，即將論及婚嫁，而我算是促成他們的半個媒人，事情是這樣子的：

當初，秀芸對阿德頗有好感，可是阿德卻不怎麼積極，於是我受託在他休假回屏東時約他見面，向他遊說秀芸的好（秀芸是真的好，我特地挑的朋友還能不好嗎）。

我們去SOGO地下樓美食街吃了可口的泰式料理，聊了很多話，但我鎩羽而歸。

可能是他們的緣分還沒到吧！由於沒有後續的發展，這件事情就這麼不了了之。那時是二〇〇九年二月。

直到那年十二月，阿德遇見「震撼」人心的意外，這個意外改變了他的想法，也改寫了他和秀芸的人生際遇。

十二月十九日晚上九點零二分，阿德在公司，要搭電梯下樓，電梯走到一半，突然發生劇烈的搖晃，他遇到六點八級的強震，那一瞬間他想起有很多事都還沒做，他不想一個人孤獨的走，更不想讓人生留下遺憾，驚魂甫定之後，他開始上ＦＢ，和家人、朋友維持緊密的連結。

「我是他第一個ＦＢ好友。」秀芸說。

「對喔！我也加過他，還有格子裡的小美和動。」我的記憶終於回來了。

於是，秀芸和阿德又開始通訊，阿德說：「如果妳願意，我們見個面好嗎？」

「怎麼前後態度差那麼多？」秀芸以為阿德在開玩笑。

適時，秀芸和同學約好了要去歐洲玩，所以她告訴阿德等回國後再說。

「我回國後，由於玩得太累，又加上月初的緣故，很忙，忘了要找他。」

「他有說什麼嗎？」我問。

「他說我不守信用。」

「是啊，妳答應人家的事，就要做到呀。」

「也對啦。後來我們去內灣玩，吃飯的時候他就告白了。」

「哇！不簡單耶！那麼木訥的阿德也有這一天。」我笑笑，說：「是怎麼個告白法呢？」

「他說，如果妳不討厭我，要不要和我以結婚為前提交往看看？」

「妳應該是答應他了吧。」

「沒有，我拒絕了。」

「為什麼？」

「其實我還是有點自卑感的。」

「妳想太多了，人哪有十全十美的呢？」

「阿德也說，當初他之所以拒絕我，是因為他覺得自己條件不夠好、配不上我，他不想讓我失望；而且他從沒想過會有人喜歡他，他沒有心理準備。」

「這麼說的話，你們兩個正是絕配。」

「我現在知道啦！跟妳說喔，那時見我搖了搖頭，他一副失魂落魄的樣子，我於心不忍，回家想了想，後來還是答應他了。」

「這就對了。」

「總之，他給了我一切我所需要的。」

「我有一個問題，他對妳有占有慾嗎？」

「他說那是當然的。」

「讓這樣的男人愛上真是幸福。」

是的，阿德曾經在文章中寫道：「我應該再也找不到這麼愛我的女人了，在還沒遇到她之前，我對婚姻已經死了心，想單身過一輩子；遇到她之後，讓我想疼她、愛她、照顧她，不離不棄。」他對秀芸的愛可見一斑。

祝福他們的感情早日開花結果。

蛇、野獸和火紅的鐵棒

看了美國作家卡洛琳．帕克斯特的著作「巴別塔之犬」，其中有一則頗讓我為之震懾的童話故事：

珍妮愛上了武士坦林，但坦林卻被仙后綁走了，為了救他，珍妮守候在樹林裡，將他自馬背上拉下並抱緊他，無論仙后把他變成蛇或張牙舞爪的野獸，甚至變成燒得火紅的鐵棒，她都沒有鬆手。最後，珍妮勝利了，她永遠擁有了坦林。

蛇、野獸和火紅的鐵棒，好可怕啊！可以用這些可怕的物事來形容的愛，究竟值得人們花費多少力氣去獲得呢？不付出所有，就表示心中沒有愛或不值得享有愛；付出全部的自己，就可以得到愛情的青睞嗎？為什麼一定要通過恐懼和痛苦的試煉，才可以表明一個人追求愛的決心呢？除了恐懼和痛苦，愛難道沒有其他的面貌嗎？

人生已經太苦，我多麼希望能有愉快的、自在的愛來予以點綴與平衡；可惜的是，純然的、無所求的愛似乎只存在虛幻的世界裡。

幸好童話只是童話，我們不要再被灌輸「愛就是要忍受百般凌遲」的觀念；而即使失去愛情，也不必像氣急敗壞的仙后一般詛咒道：「要是昨天我早知道今日的事，我絕對會挖出你那灰色的眼睛，放進泥做的雙眼；要是昨天我早知道你不會屬於我，我絕對會無情的挖出你的心臟，放入一顆石頭做的心。」

愛情萬歲。

第二顆心臟

我會看「巴別塔之犬」，是因為小江的介紹；小江會看「巴別塔之犬」，是因為在偶像劇「半熟戀人」中曾提及「第二顆心臟」的事。

「巴別塔之犬」的男主角保羅說：「我們不是都有兩顆心臟嗎？秘密的那顆心就蜷伏在那顆眾所周知、我們日常使用的那顆心臟背後，乾癟而瑟縮的活著。」

保羅的妻子蕾西死於自殺，保羅認為自己有不能對蕾西說的秘密，在他知道妻子的一些夢境之後，他了解蕾西也有太多保羅永遠不會明白的事，於是保羅說：「讓我們的第二顆心臟變色的並非夢境，而是那些在無法入睡的夜裡奔騰過我們腦海裡的思緒，這些思緒，我們是絕對不會告訴任何人的。」

我承認，我的確有不可告人或說難以啟齒的秘密，但那無論如何不影響我善良的本質。

只是那一天，我突然心血來潮，有了前所未有的「荒誕」念頭——我要充當和事佬，讓小江和他的女友薇薇化解心結，我以為這樣做是為小江好，只有放下怨懟的心，他的痛苦才會減輕。

我以為小江會對我的此番行為寄予厚望，上天之所以讓我在無意間闖入他的生命，為的無非是這個不可能的任務，也是無比崇高的任務。

但是，小江卻不以為然，他大大的發了一頓脾氣：「妳很邪惡！妳是一個邪惡的女人！」

他大嚷：「妳是不是也有著第二顆心臟？到底哪個才是真正的妳？」

我啞口無言。

他認為我一面假意支持他，一面希望他和薇薇談和，這根本是在玩兩面手法，是不誠實的表現；不誠實的矯揉造作是為了掩飾我的企圖，我看起來好像在陪他治療情傷，事實上卻是挖好了陷阱，等著他一步步往裡頭跳。雖然他不知道我的目的是什麼，但他懷疑我想傷害他第二次。

還有，他不希望我受薇薇影響，成為她的棋子：「我跟她接觸那麼久了，都不是她的對手，妳憑什麼啊？」他的語氣越是高昂：「一旦她知道我告訴過妳所有發生在我們之間的事，不會惱羞成怒嗎？從來都是趾高氣揚的她會放過妳嗎？」

我搞不清楚他是在醜化我還是想保護我，還是想阻止我去傷害薇薇，所有的思緒在我腦中攪成一團紊亂的毛線球。

我唯一能整理出來的話只有：「是的，是我太單純，不懂人心的險惡，但我也是出於一番好意，你有必要這麼生氣嗎？」我試著安撫他的情緒。

「我已經夠煩了，不要再拿狗屁不通的道理來盧我！」他絲毫聽不進去。

我還是啞口無言。

我們吵了第一次的架（其實不算吵架，都是他在責備我），我哭了，哭得委屈、心酸、淅瀝嘩啦。

我不當愛哭的人很久了，上次哭是在半年前，為了一隻在路上被車子撞死的小貓；現在卻為了一本書、一齣偶像劇、幾個人所製造出來的假真相而哭得淚濕淋漓，那一刻，我問自己究竟在幹什麼：「妳以為妳是神嗎？什麼叫人性本善？因為人性本善，於是妳可以無所不能嗎？屁！」我責怪自己。

好吧！就算人性本惡好了，我承認我的個性也有黑暗的一面，但我不用它來害人或對待我的朋友。

曾經，我對著電腦螢幕大笑，像瘋子，像呆瓜；如今，我坐在電腦螢幕前哭泣，像傻瓜，像蠢蛋，把發生在虛擬世界的喜怒哀樂帶到現實生活裡來，究竟對抑或不對？

對於善感的我來說，文字的魔力和穿透力不容小覷。

「別哭，鵑，心疼妳，我不捨……」但隔天一早，他捎來了訊息。

我收拾起眼淚，再次見識到文字不容小覷的魔力和穿透力。前嫌盡釋。我只是想法像男人，我是不折不扣的女人，和所有女人一樣，無法招架任何一次道歉，它比鑽石或鮮花或燭光晚餐都無價，因為男人的歉意是世上，不！是全宇宙最稀有的東西，妳有一億萬元也買不到！

當時的我並無法預知接下來即將有一場又一場更大的風暴要鋪天蓋地的襲來，它們將把我和小江殺個片甲不留，讓我們失去彼此，也失去對自己、對對方好不容易建立起來的信心與信任。

我不當愛哭的人很久了，因為小江，我竟然哭了一次又一次！

要是風知曉，他一定會嘲弄我：「就是有妳這個水分多的人在，妳們南部才會一下雨就淹水。」

若是他這麼說，我應該沒心情和他鬥嘴吧！

縱使我的天性並不樂觀，但在朋友們的薰陶下，一天一天的越是開朗；如今卻也因為朋友的關係，我思索著是否應該推翻一切理念，是否應該用全然不同的眼光看待這個世界。

我的心情被左右著，我一點也不enjoy這樣的情形。

難道我真的有第二顆心臟？就蜷伏在那顆眾所周知、我們日常使用的那顆心臟背後，乾癟而瑟縮的活著？連我自己都忍不住質疑起來。

我想，第二顆心臟指的是「面具」的意思。

在我和小江相識之初，我問他，很機車（應該說實事求是）的問他：「你想和我維持怎樣的關係？」（那時候我並不清楚薇薇的變心對他造成了多大的打擊，他像一隻驚弓之鳥，一點點風吹草動都足以要他膽顫心驚；他害怕我成為第二個薇薇。）

「我也不知道。妳說呢？」我得到一個模糊的回答和另一個不安的問題。

我解釋道：「我會用不一樣的態度對待不一樣關係的人。」

不一樣的關係包括泛泛之交、忘年之交、莫逆之交、八拜之交……

簡單來說可以分成純粹ＬＤＳ的和可以聊心事的。

這應該是很正常的吧，你不會和每個人都親密，也不會同每個人都疏遠。

講得現實一點，我們會在不一樣的人面前戴上不一樣的面具，呈現多元的自己。

也就是所謂的「見人說人話，見鬼說鬼話」——雖然我轉換起來還不是很熟練，有時會對著人說鬼話，對著鬼說人話；有時分不清楚誰是人，誰是鬼。

如果小江只想把我當作泛泛之交，我無論如何都不可能和他成為莫逆，和愛情一樣，友情要兩廂情願才可以成立。

但他不認同我的這番言論，他覺得對待他人不應該有差別待遇，否則就是虛偽，就是別有居心。

他冷冷的下了註解：「原來妳只想獲得，卻不願意付出。」

「……」

「妳有那麼多男的朋友，太複雜。」

「……」

「妳每個男人都喜歡，妳不專一、花心。」

「……」

連我戲謔性的「你可不要愛上我喔」，也成了「葫蘆裡不知賣的什麼藥」。

早知如此，就不要告訴你那麼多事。我還真是老九的妹妹——老十（老實）。不是說誠實是最佳良策嗎？為什麼對我來說卻不是這樣？

看來，我們的思想歧異有如天和地的距離那麼大！

看來，我還有努力的空間——至於為什麼要努力，是為了讓他更了解我，於是可以成為八拜之交？還是為了證明我們就像油與蜜一樣，永遠不可能融合在一起？答案只有老天爺才知道。

「我想挑戰不可能的任務。」竟然發下這樣的豪語，我要不是過於高估自己，就是腦子渾沌了。

只不過，以我對自己的了解和看人的敏銳度，當第二次和小江鬧得不愉快，不好的預感浮了上來——我們之間將充滿考驗，我功敗垂成的機率非常大。

而一切的一切來得太快速、太猛烈，讓我始料未及，措手不及。

偶低

風結束兩天一夜的行程，回到北部了。

「禁令解除，妳可以開始傳訊來騷擾我了。」一開頭便說。

之前他特地對我下封口令，不准打擾他的遊興，我絕對是全力配合的——何況這兩天我除了忙著做家事、寫文章和上ＦＢ餵魚，還參加了一個大型單車夜騎活動，花了三個小時才騎完全程，累得膝蓋微微作痛，回家後昏睡了八個鐘頭，也抽不出空。

但我說「Oh!Ya」，還比了一個勝利的手勢。

「剛聽到遊覽車在國道發生事故時，我嚇了一跳。」我餘悸猶存。

「那時候我們在南部。那是陸客團。」

「嗯，一時慌了嘛！」

「這次的行程規劃得很好，除了旅費以外，我沒有花到什麼錢，而且吃、住、玩都不錯。」

我還記得他很怕水，小時候曾經被水嗆過吧，但觀光船把他們帶到看不到陸地的東石外海，「既來之，則安之」，他只好聽天由命。

「風浪不小，有人『抓兔子』。」他說。

我想起去小琉球的經驗，我們長期生活在陸地，上了船，抓兔子是正常的啦。不先清清腸胃，怎麼能吃得更多呢？哈哈！

「船上有供餐喔！是開放式的自助餐廳，菜色大多是海鮮，很道地，這對我來說是新鮮而新奇的體驗。」聽得出他語氣中的眉飛色舞。

第二天一早，他們去西子灣，但英國領事館還沒開門，他們只是晃晃。

「海邊好熱！」他叫：「我都快曬傷了！」

不用想也知道，習慣躲在辦公室吹冷氣的他鐵定不禁曬，何況南台灣的太陽向來以毒辣出名。我叮囑過他要做好防曬的，他也確實穿了長袖外套、戴了帽子，不過這下他要過好久才會回復白皙的皮膚了吧！

不像我，無論是夏天還是冬天，差不多是一樣的膚色，曬多太陽不會黑，少曬也不會白到哪裡去。

我必須離題一下。

我沒忘記小江第一次看到我的情形，當時是在他車上，透過微弱的燈光，他忍不住說：

「妳的皮膚好黑！」等到我們下車去吃清粥小菜，在明亮的燈光下，他盯著我看了幾秒，又忍不住強調一次：「妳真的長得好黑！」我沒忘記他臉上耐人尋味的表情。

「廢話！我的主題曲是什麼？」

「冬天裡的一把火。」

「那我的綽號咧？」

「偶低！」

「安捏就對了，偶低還有白的嗎？」我一副理所當然的態度。

「喔！」他心不甘，情不願的勉強同意。

「偶低熱情，好像一把火，燃燒了整個沙漠……」雖然是很冷的笑話，用在我身上最適合不過。

把焦點拉回來，一、二、三，跳。

風繼續敘述著：「後來去了佛陀紀念館和烏樹林糖廠。反正很好玩，我也認識了更多鄰居，下次里長再辦這樣的活動，我還要參加。」

「福利真好，我要把戶籍遷去你們那一里。」我說。

「好啊，來當我厝邊，不必打電話就可以聊天。」他接著說：「那我要去睡回籠覺囉。」

「嗯，睡飽一點，加油！」

「Bye bye！」

「Bye！」

他去補眠，我回到電腦前繼續埋頭苦幹。

「對了，你問我為什麼去大溪，找個時間告訴你。」我在心裡默默唸叨著。

生與死

彬哥在ＭＳＮ敲我：「許先生的老婆過世了！」

彬哥在文章中提過他：「朋友許先生當年與我共事，是公司的協理。多年前雨霧朦朧的臘月，閒聊中談起了『這樣的天候，毛蟹最容易出沒』，於是我們穿上雨鞋，漏夜去抓螃蟹。」

「你在岸上等我，我下水看看，別亂跑，小心長蟲！」許先生說。

彬哥回憶道：「七年前公司改組，許先生失了業，房子也慘遭法院拍賣，他租了個攤子養活一家五口。五年前老婆車禍昏迷不醒，經濟拮据的他，一面憂心著龐大的醫藥費，一面每天來回百來公里替老婆把屎把尿，還要接送尚在就學的孩子。老婆的命總算撿回來了，看到他為老婆開車門，一手輕按住她的頭頂，深怕她一不小心撞到車門，一幕幕溫馨的畫面讓我驕傲的說：『那是我的朋友。』」

沒想到許大嫂著實病得不輕，終於還是走了。

許大哥把她送回老家，處理完後事，整個人萬念俱灰，一蹶不振。

該何去何從呢？回北部後，他陷入兩難之中，年邁的父母親要身為獨子的他回南部種田，好彼此照應，但他對看天吃飯的生活著實沒把握；不回家鄉的話，北部卻又是他的傷心地，留下來，只會不斷的觸景生情……

願許大嫂一路好走。

許大哥：世事無常，請節哀順變。

彬哥說他會常常去陪陪老朋友。

我的心情有些沉重，生離死別是人生至痛，在我們還來不及學會怎麼去面對之前，它們就是那樣不經意的發生了。很多時候，心裡的創傷難以弭平，只能把希望託付給時間，願它一點一滴帶走，至少沖淡那無法訴諸言語與筆墨的刻骨銘心的痛；然而，等待時間一分一秒消失的歷程，卻又是另一番錐心刺骨的愁滋味！

生命究竟是怎麼一回事？看看社會新聞，有的人分明可以好好活著，卻拼了命的尋死；而許大嫂，她是老公和孩子的精神支柱，即便頑力抵抗，終究要「塵歸塵，土歸土」，誰能告訴我這究竟是怎麼一回事？

我想起了我的小妹，我的小妹正當享受人生，卻被迫要面對死神的挑釁與威脅，原來生命就是這麼一回事嗎？由不得你計畫和夢想——計畫永遠趕不上變化；而夢想會幻滅，「萬般皆是命，半點不由人」，是嗎？

那天，在產房外等待著小姪兒出世的同時，卻聽到小妹身體微恙的消息，我不清楚哪件事更占據我的心，我並沒有表現出太大的驚訝，這陣子一切都很混亂，我不知道還有什麼事是不會發生的。

對小妹有太多不捨，她年紀輕輕便開始學習美髮的手藝，即使環境惡劣也樂在其中，憑藉著一點天分和許多努力，沒幾年功夫就拿到證照，而且有了自己的店面。

可惜的是，小妹生來溫和、柔順、沒什麼主見，對前夫熱切的追求毫無招架之力，終於走上奉子成婚這條路。

婚後，小妹只過過一小段甜蜜的時光，沒多久，她的前夫斷斷續續換了幾個工作，跟著開始自怨自艾，一心情不好就借酒澆愁，幾杯黃湯下肚便無理取鬧，將怨氣發洩在小妹身上，怪她只知道工作，卻棄家庭於不顧。

小妹很是委屈，她從早到晚辛苦工作，還不是為了維持家計嗎？這份工作使得她無法定時吃三餐，導致慢性胃痛隨時來折磨；長時間的站立讓她全身上下沒有一處關節不痠痛；她的雙手由於各種藥水的侵蝕，老是處於過敏狀態，面對前夫的指責，她只能感嘆自己是何苦來哉。

兩個人就這麼吵鬧不休的過了幾年貌合神離的生活，最後還是前夫另外交了女友，小妹在心灰意冷之餘，付了一筆贍養費，兩人終於「還算平和」的協議離婚。

而小妹多所磨難的感情路並未就此劃下句點，很快的，她又和阿森陷入熱戀。說也奇怪，不管是學歷、經歷、家庭背景都很優秀的阿森，不但無微不至對小妹好，甚至對她的孩子視如己出。

一些時日之後，阿森的狐狸尾巴終究露了出來，原來，他之前所扮演的愛情良民不過是他諸多人格中的一面，隱藏在背後的其實是喜歡沒事找碴，卻又愛將不滿累積在心裡的個性，一旦能量飽和了，便胡亂找機會將所有不悅一股腦兒傾瀉而出，對小妹拳腳相向，讓她戰戰兢兢度日。

我曾經以為，習慣腳踏兩條船、擅長欺騙女人的錢與感情、以榨乾女性身心為樂的是所謂的壞男人，是阿森改變了我的想法——高ＩＱ或高成就，但ＥＱ卻極其低等、一切以自我為中心、喜怒無常、冷熱不定、善於猜忌、喜歡翻舊帳的男人其實更為上乘。

這似乎又回到男人不壞，女人不愛的迷思，先假設這句話是真理好了，我好想問問女性朋友們：「為什麼專挑壞男人愛，還愛得死心塌地，卻對好男人視若無睹呢？」

我是如此揣想的，女人天生帶著母性，我們習慣以母親般寬大為懷的愛去包容壞男人，如同包容一個被寵溺慣了的、只要他高興，沒什麼不可以的小男孩。

也或許女人們都喜歡挑戰，視馴服壞男人為不可能的任務，尤其如果能成為愛到處留情的他們最後停泊的港灣，心中便有那麼一絲非凡的得意與成就感。

也可能我們自詡為救世主，認為只要有耐心和毅力，終究有一天，於是能導正男人的劣根性。

無論如何，只希望大家不要白忙一場，縱然含淚播種，卻能微笑收割。

但小妹並沒有太好的運氣，某個夜裡，墜入人生谷底的她被送進急診室，醫生花了一番功夫，才把她從鬼門關前救回來，「小妹，妳的傻讓我好心痛！」

而顯然苦難還沒有結束，才過幾年平靜的生活，就在終於遇到一個好男人之後不久，她突然發現身體不對勁，唉！為什麼老天爺要如此殘酷？

上個月我們見面的時候，小妹剛做完第二次化療，理了個大光頭，我受到驚嚇，一陣酸楚自心底湧上來。

「一直掉頭髮，天氣又熱，這樣好整理也涼快。」儘管無奈與害怕，仍然鎮定的表現著沒什麼大不了的若無其事。

一路走來，妳是勇者，也是生命的鬥士。

早日苦盡甘來，親愛的小妹。

為妳祈禱，一定要幸福快樂、健康平安喔！

「我哭著來到世間，讓別人笑」，生命的奧妙在於不經我們同意，它啟始了；「我笑著離開世間，讓別人哭」，生命的奧妙也在於經過努力，於是能予以改變——這是唸國中時，我最敬愛的國文老師寫在黑板上的話，我牢牢的記住了很久，今天把它拿出來回味，別有一番「柳暗花明又一村」的感觸。

至於我們能為生命改變什麼，一旦想得透徹了，也認真去實踐了，總有一天能含笑離去，我是這樣領悟的。

蝴蝶

關於死亡，我們有太多未知，於是也有許多想像。

每隔一段時間，可以看見美麗的蝴蝶飛來我的客廳裡停留，朋友說那可能是逝去親人的靈魂，來看看我過得好不好。我喜歡這個溫馨的傳說，它讓我格外想念溫文婉約的二嬸。

二嬸在二十多年前從遠方的國度——印尼遠渡重洋而來，剛開始，因為語言難以溝通，她過得很辛苦；漸漸的，她以周全的付出收服了大家的心。

二叔以四十歲的高齡，終於擁有一個美滿的家庭和一對乖巧的兒女，那是他這輩子最幸福的時光。

由於我和二嬸年紀相近，又能用英語交談，我們兩個特別合得來，她喜歡在我要赴約的時候，幫我搭配衣服、鞋子、化妝，讓我漂漂亮亮的出門。

她愛試著改良她的家鄉菜，我總是第一個試吃的人，每每對她的巧思讚不絕口。

愛乾淨的她把小小的屋子佈置得雅致又溫馨，我們姐妹常窩在她的房裡聊天，而後擠在一起舒服的睡上一覺。

十幾年前的大年初二，剛從娘家吃過晚餐回來，突然接到二嬸出車禍的電話通知，我急急忙忙趕到醫院，她已經昏迷了，正在加護病房急救，醫生叫我們要有凶多吉少的心理準備；三天後，她還是走了！

「她去伯公家送年糕，在巷口過馬路時被一輛摩托車撞倒。」母親告訴我，當她趕到現場，二嬸已經意識到自己恐有不測，不停的流淚。

她是心有掛礙的吧——孩子還小、丈夫的事業正在起步中，突然結束的生命裡有著太多的不捨；而她心中當也有不少疑惑——想自己飄洋過海、忍受離鄉背井之苦，無非是為了追尋更美好的未來，怎知最後卻落得客死他鄉的下場呢？早知如此，還不如留在故鄉忍受清苦的生活，日後年老了，至少得以落葉歸根！

而此去前路茫茫，魂魄又將歸依何處？

我甚是不解，只剩餘一百公尺的距離，不過是幾秒鐘的時間，她就可以安抵家門了，為什麼命運之神要如此殘忍的作弄人？

本來依照傳統，二叔決定直接把二嬸送往殯儀館，但她向二姑丈託夢說想再回家看一眼，她不敢要求進大廳，只希望能在曬穀場的一角稍做停留。

葬禮那天，我們依照她皈依的宗教辦了告別式，我記起那位肇事的年輕人並未到場，於是請二叔打電話要他來向二嬸致意，思及她對我的種種好，我能為她做的卻只有這一件微不足道的小事，我再難自抑，哭得淚如雨下。

往後的日子裡，雖然二妹常夢見二嬸，二叔也曾感覺到她回家探望孩子，愚鈍的我卻全無感應，只能看著結婚時的家族照和她親手做的小飾物，默默回憶過往的一切。

望著書架上的蝴蝶，我在心裡說著：「二嬸，我過得很好，妳在另一個世界裡好嗎？我的客廳裡很溫暖，歡迎妳常來坐坐！」

明日的記憶

走進稅務局二樓，才發現把需要的文件遺忘在車上了，看著空空的兩手，想起前一晚看過的影片——「明日的記憶」，心裡有點惶惑，希望這只是因為沒睡好覺而暫時出現的恍神現象。

「明日的記憶」描述的是一名四十九歲的男性上班族在被診斷出罹患阿茲海默症後，在生活上面臨種種影響與衝擊的故事。阿茲海默症（簡稱ＡＤ）早期最顯著的癥狀是健忘，隨著病情的加重，病人的語言、空間辨別等能力會逐步衰退，終至失去行動力而癱瘓在床。它的成因未明，全球約有兩千多萬名病患，目前沒有準確診斷和有效治療的方法。

生、老、病、死是人生必經的階段，年老不會突然來臨，而「死後之有知無知，與得見不得見，又卒難明也」；可是，ＡＤ這「腦海中的橡皮擦」，它讓你的記憶快速流失、使你對環境失去熟識感，最後退化成毫無自理能力的嬰兒——而你只能眼睜睜看著這一切的發生卻束手無策，這是何等恐慌和殘酷的歷程！

人之所以會感知到痛苦，常常是因為抓不住甜蜜的瞬間，卻不斷重複回味著不愉悅的場景，如果可以只擷取美好的片段而抹去不堪的印記，快樂將取苦悶而代之——可惜生命從來不讓人稱心如意，這是不成文的規矩。即便如此，能夠思考、有值得反芻的回憶總是好的，試想，你活著，卻感受不到自己的存在；你醒著，卻猶如一縷飄蕩的遊魂，你是誰？你來自何處？又將何去何從？

值得慶幸的是，我還記得自己遺落了哪些東西，這樣的危機感大概代表著我還有希望，於是我開始過濾腦海中的影像，努力清除不需要的庫存，留下意義非凡的生命足跡，他日待我年邁得無法再召喚任何陳年往事，「如果過了明天，我連你都忘記了，可否握緊我的手，陪我繼續走下去」；「如果即使有一天妳的記憶消失，忘了我，我還是會這樣牽著妳的手慢慢走」，不要讓我成為負擔，只要讓我記得曾經愛過。

憂鬱症

「巴別塔之犬」的女主角蕾西死於自殺，她從高高的蘋果樹上跳下來。我引述保羅的話：「……妳讓自己穩穩的坐在樹杈間，看著從這裡所能看見的景像……妳不再多想，也沒有猶豫，妳站了起來，在樹杈間保持平衡……妳張開雙臂，閉上眼睛，把頭微微後仰，體會陽光照在臉上的感覺。妳放開了一切，這種感覺是如此輕鬆。然後，妳便墜落了。」

「那是什麼感覺呢，蕾西？當妳每天醒來，妳的感覺是沉重無比，是心裡隱隱作痛，還是感到一股壓力？沒錯，是壓力。妳的軀體被壓垮了，妳感覺自己彷彿被刮掉了一層皮。妳的腦袋裡有一個聲音……這個聲音在說：『我討厭自己。』又說：『我想要死。』……。妳該怎麼做才能讓自己快樂？世界是如此遼闊，而能讓妳快樂的東西似乎一樣也不存在。因此，妳無法想像在這樣的生活中再加進來一個小孩……」

「對大部份的人而言，自殺並不是我們的選項，但像蕾西這樣的人，他們知道他們最後會做這種選擇，他們相信自己必須做出選擇。」

雖然作者卡洛琳．帕克斯特並沒有明確寫出蕾西的情緒生病了，我想答案已經昭然若揭

——蕾西是一名憂鬱症患者。

根據我手邊的一份資料：「憂鬱症也被稱為『心的感冒』，它不是個性抑鬱者的專利，情緒起伏極大也是致病的根源；平日工作狂熱、深獲人緣的人同樣有得病的可能。根據世界衛生組織的研究發現，平均每一百人中就有三人罹患憂鬱症，因為憂鬱症導致產生其他身體疾病，甚至自我毀滅的例子比比皆是。」

「憂鬱症患者的自殺率是一般人的八倍，罹患憂鬱症的人會出現身體倦怠、起不來、吃不下、睡不著、工作無效率、缺乏耐性的外顯行為，加上無現實感，以致產生與家人間的溝通不良，使家庭氣氛籠罩在抑鬱之中。最後，患者在不知不覺中孤獨走向寂寞邊境，甚至走向生命的盡頭。」

蕾西在十七歲的時候罹患了叫作「拔毛症」的精神疾病，雖然接受醫生的治療，卻一點效果也沒有。後來她乾脆把頭髮剃光，還在頭皮上刺上蛇髮妖女，把它當作護身符。

但是，不快樂的因子還是如同血液一樣在蕾西的體內流動，經過幾個月，在高年級的舞會過後，蕾西在旅館浴室打破玻璃杯，以玻璃碎片刺向自己的手腕。

她並沒有堅持到底——當她見到第一滴血時，她感覺到恐懼，於是拔出了玻璃片。然而，這次的事件卻一直跟隨著她，她所呼吐的每一股氣息，都被那天晚上的體悟給染上了色彩。

那麼多年以後，當蕾西爬上蘋果樹，她也許是覺得做出選擇的時刻到了。對她來說，她了解做這件事是勇敢的，也是成熟的，更是正確的，沒有什麼能夠阻擋得了她。

當生命儼然成為煎熬與毫無意義的行屍走肉，在結束的那一刻，或許反倒是苦難的解脫。

這樣的決定是對是錯，已然超越你我所能界定的範疇。

今日，憂鬱症已然躍升為世紀三大疾病之一，社會越是文明，生活的壓力越是沉重，這是不爭而難以掙脫的事實。作家吳淡如認為「除了瘋子，世上沒有每天都沉浸在快樂情緒中的人」，我嘗試分析她的意思：不快樂是正常的，畢竟「人生不如意事十之八、九」（如果你每天都很快樂，很可能是罹患了醫學上的「燥」症）；然而，如果你經常或總是覺得想哭、心情不好、容易發脾氣、睡不好、不想吃、不舒服、虛弱……卻沒有生理上的疾病，或許問題的來源是你的心靈。

心理和身體一樣，都會生病，如果它已經發出求救的吶喊，卻得不到應有的幫助，長此以往，當它變成積重難返的沉痾，隨便一個點都會是壓垮駱駝的最後一根稻草，屆時再來挽救，恐怕只能收事倍功半之效。

願我親愛的朋友們心情愉快，身體健康。

真愛

小江之所以對薇薇一往情深，很大的原因來自於他被薇薇肯定為她的真愛。我的一個朋友告訴我：「我一直追尋著屬於自己的一份真愛，每每以為找到了，卻又在最後發現自己被傷得體無完膚。」聽著他敘說著幾年來的遭遇，我於是明白何以早衰的神色已然悄悄襲上他的容顏。

前妻的憂鬱症在治療多年後尤不見起色，除了經濟上的負擔，他的身體和心靈都承受著極大的壓力，因而陷入該留下或離去的掙扎。

就在那當下，女友出現了，幾經波折，他毅然而然結束無以為繼的婚姻，勇敢去尋求下一站的幸福。

然而好景不常，女友在第三者效應的影響之下，老是疑神疑鬼，猜忌他的忠誠，在彷彿永無止息的爭論中，兩人分分合合的過了數年，最近終於做了徹底的結束。此時的他正輾轉於各處，治療著滿身滿心的傷痛。

「世間有真愛的存在嗎？」他一直得不到解答。

「或許是有的吧，但它得熬得過現實的重重考驗。」我耳邊浮現這樣的聲音，我告訴他。

可不是嗎？真愛的敵人太多，除了時間、距離、個性、觀念、生存條件等敵眾我寡的狀況，更是敵暗我明——我們永遠不知考驗何時會出現，一個不小心，便將我們好不容易建立起來的信念砸個粉碎。

如果可以，人們會希望不需耗費時間與精神、不需忍受傷心及失落，真愛自然來敲門；然而，沒有人會認為不付出，只想坐享其成的人值得擁有真愛；而當你付出了，如果發現所獲取的竟是那樣微不足道，你卻又不免質疑起來，只問耕耘不問收穫的會是真愛嗎？

不輕易投入便罷，一旦投入了，便要秉持最初的心念，努力去克服時間與距離形成的阻礙，用心去協調個性和觀念造成的鴻溝；尤為重要的，不屈服於現實，為其所敗，因為「除了自身以外，愛不會占有，也不會被占有，因為愛從自身得到滿足」，自你踏入愛情世界的那一刻起，你已肯定並發揚自己愛人的能力，並由其中感知到幸福及快樂。

放手去愛吧！但不要計較得失；不計較得失，於是可以不後悔，即便到最後愛情還是離你遠去，你已然造就了別人，也成全了自己。

真愛並非無敵，但可以無悔，我如此認為。

真愛與鬼

拖了好幾天，忙碌到不可開交的雨終於把他的地址傳了過來，在臨上機飛到國外省親前。

「我下個禮拜回來，妳要好好照顧自己。」仍不忘對我叮嚀。

稍晚，我得去把買好的「回程」和「那些年，我們一起追的女孩」寄給他。

親愛的雨：生日快樂，旅途平安。

雨向我提過一個很愛、很愛他的女孩子，後來他們不能再在一起了，分手當天，雨好生難過，女孩反而溫柔的安慰他，希望他好好經營另一段感情。

雨告訴我：「我還保存著當時的對鍊，收在書桌抽屜的深處。」

「我想我是個自私的人。」他反省道。

我不是很明白最後一句話的意思，但當他提到「同時愛著兩個人」，我有些懂了。

三角戀情往往難以圓滿的原因在於，你以為可以公平的對待她和她，但她和她卻總是細心到可以分辨出你的心較偏向哪一方。

你認為你的愛應該被無私的分享，她們卻自私的想要獨享你。

最後，由於愛你，不忍見你受蠟燭兩頭燒的苦，一旦她們選擇犧牲自己以成全你，你可能落得兩頭皆空。

當魚與熊掌不可兼得，該是停止觀望的時候。

別打著真愛的旗幟，行占有之實——醬子不好。

我看偶像劇「半熟戀人」，嘉琳先是和少宇交往，而後回頭折磨舊情人孟克槐，企圖和他破鏡重圓的劇情演得很是寫實。

有人說「真愛和鬼一樣，相信的人多，遇到的人少」，在一時天雷勾動地火的剎那，你遇到了真愛，多麼難能可貴啊！連我都要為你歡欣鼓舞。

然而，當愛情如繁花落盡，終將枯萎，還請不拖泥帶水的離去，別懷抱著「食之無味，棄之可惜」的意圖（那是占有，占有不是愛），欲走還留的考驗著彼此的耐心——小江的例子尤其讓我感觸深刻，每一次他好不容易走出有薇薇的世界一小步，只要她的一則簡訊或一通電話（內容多為歸咎，而且捎來的時間視她的心情而定，經常是三更半夜，在她因為寂寞而百無聊賴的時候），都足以讓他倒退一大步，自光明的邊緣退回冰冷、無邊的黑暗，前功於是盡棄。

人是血肉之軀，有感覺、有淚水，不是沒有意識的玩具或任由嬉戲、逗弄的寵物；而一旦它髒了、破舊了；牠老了、失去陪伴的功能了，在丟棄之前，還要受盡蹧蹋，只為滿足主人的占有慾——這樣的主人不要也罷。

鬼打牆，頂多收驚了事；為了信奉真愛，癡心人兒要承受的苦難太多太多，如果不愛了，高抬貴手是為上策。

讓愛自由

記得那是一個寒冷而深沉的夜裡，他帶著無奈、沉痛的語氣向我問道：「我這樣愛她錯了嗎？我對她百般呵護、千般關懷，即使是要我為她犧牲生命都可以！我這樣愛她，她卻還是棄我與女兒於不顧，為了追尋屬於她自己的愛情而遠走高飛，到底是為了什麼？」

這是讓他心有千千結的往事，而他還在癡癡的等待她回頭。

「女人心，海底針，我永遠也無法弄清楚妳們女人究竟都在想些什麼！」丟下這樣的質疑，他離線去了，為我們的對話劃下一個句點，留下一個對著電腦螢幕發呆的我。

愛究竟是什麼？應該為它下何等樣貌的註解，才是最為中肯、實在，而為普羅大眾所能接受的定義呢？朝朝暮暮的相處？形影不離的黏膩？全心全意的付出？無私無我的奉獻？

坦白說，我並不知道答案，也不能為任何人決定答案，因為這些都只是冰山一角，而每個人心中有屬於自己的一把量尺，緣於刻度不同，標準於是互異。

關於他的第一個問題，我想他是對的。當我們愛上一個人，「弱水三千，只取一瓢飲」的信念讓我們決意自此忠貞到底；「愛是恆久忍耐又有恩慈」的金科玉律要我們以之為精神標竿，先是一心一意的給予，後則自認包容的隱忍著對方令人難以苟同的缺失，並且自詡為懂愛的人——我們難免淪於盲目。

仔細一想，這樣勇往直前的我們所愛著的是對方，還是躲藏在名為愛情的煙霧彈後方的自己？或更真確的說法，我們圖的不過就是擁有那個人的占有慾？

更別說「愛是不嫉妒」了，試問：哪對相愛的情侶不是一聽到一丁點相關於對方的小道消息就急切的忙著捕風捉影？若非已經沒有感情或早有嫌隙，誰能放任另一半的心裡總是擱著他人的身影而置之度外？

當我們秉持著無我、給予、寬恕……等美德，在愛情世界中自以為是的扮演著聖人角色的同時，我認為其中的迷思已不攻自破——雖然在宗教信仰上的確存在著為大愛而奉獻的聖者，但在小鼻子、小眼睛的男女之愛當中，我們只是再普通不過的凡夫俗女，既然是一般人，卻企圖攀升至登峰造極的境界，怎能不老是將自己搞得疲憊不堪呢？

「因為我對妳好，妳不能辜負我。」有付出就想到要有收穫，不管是對方的人、心還是錢，有人只想取其一，更有人不排除照單全收，一旦事與願違，便覺上了當、吃了虧，輕則自怨自艾，重者怨天尤人，有誰還敢大聲疾呼「我無所怨悔」？

我倒不是對他的誠心有所質疑，當然也肯定他為了挽回老婆所做的一切努力，「設若真是沒有怨恨也不後悔，那情人間的怨言誹語又是從何而來呢？」我想。

是故我並不確知真正的無怨無悔是否存在，但我能認同的是，或許我們應該明白——即使後悔了，也沒有退路可走，於是只好自我催眠道「既然甘願做，就要歡喜受」，誰都會同意這是愛情的極致境界。

而嫂夫人應當只想快樂的、沒有負擔的享受人生，在輕鬆自在的感受中品味他給予她的愛情，她不會希望他將她看得比他的性命還重要，一旦他懷抱著可以為了她而犧牲生命的念頭，只會讓她覺得壓力好大，大到令她感到惶恐不安；他則很累。

所以他也錯了，錯在他的動機與企圖——為了證明他的愛，他用了自己認為很棒，卻要對方想逃離的方法。

另一方面來說，他也弄錯了對象，那個視他的寬容為無物，千呼萬喚始不回的女子，絲毫不值得他情有所鍾的眼神與期待。

至於「女人心，海底針」的迷思，記得有一句台灣諺語說「合君睏破三領蓆，掠君心意未得著」，你看，我們的想法於此處不謀而合了——男性認為女性難懂，女人以為男人難搞，也難怪愛情會這麼霧裡看花！

但別怕，也正因為如此，才需要有效而理性的溝通。

當然，一旦兩人間的小水溝變成了鴻溝，彼此界線分明，就別再執意想通了它，不過是白費力氣而已！

「如果愛是成全，就放開你的手，成全她對愛情的憧憬吧！」這是我的肺腑之言。

「總有一天，歲月會為她上上寶貴的一課，告訴她誰才是真正愛她也值得她愛的人。」我告訴他。

從今夜開始，請讓自己自由，也讓愛自由。

淡定紅茶

小江送了我一盒紅茶和一盒牛舌餅當見面禮，我對咖啡因過敏，但不該辜負他的好意，我想。

於是有那麼幾天，我泡了茶，享受著一個上午和一個下午的亢奮和晚間時分的睏倦；夜裡偶爾輾轉。

後來，我嘗試把泡茶的時間縮短一些，失眠的情形好像是改善了，又像是沒有，漸漸的便也不去留意，只是喝著一樣的茶，過著一樣的日子。

我想著，朋友像咖啡，也像茶，在尤其寒冷的時候，給我們溫暖與慰藉；而某些人（例如我）因為個性的關係，不擅長交朋友，與人互動的過程中，少不了拉鋸與掙扎。

然而就像改變作法，把茶泡淡一樣，只要熬過磨合期，我相信，註定要成為朋友的，很難跑得掉；無緣的，也強求不來。

對待朋友，不主動、不排斥、不戀棧是我久病成良醫後所建立的原則——我很少主動結交、關心朋友，把熱誠放在心裡是比較安全的作法；對於來聯絡感情的朋友，我則會用最大的誠意以待，努力讓對方覺得溫暖。一旦朋友決定離開，我會予以尊重，絲毫不強求，有這樣的「三不」，於是形成一個「沒有」——我對對方沒有怨言，願對方亦如是。

「我也曾心碎於黯然離別，哭倒在露濕台階」，我並非一生下來就有自己的原則，「三折肱而成良醫」，一切都經由歷練而來，理智與淡然可以讓事情不那麼棘手，患得患失對誰都無益。

緣來就是你，緣去留不住，好聚好散才能為自己、為彼此hold住美好的形象，以憑弔每一段意義非凡的情誼。

因為最終，不管朋友在你生命中代表怎樣的意義，路還是得由你自己走；無論得到或失去某一個朋友，日子還是一樣要過——淡定就對了。

淡定，這是我的交友哲學。

PS.：但是，失去一個你很在意的朋友，那種感覺就好比心裡有個破掉的洞，總有說不出的空虛與難過啊！

夜騎夜美麗。愛哭鬼

在盛夏的夜晚中，最愜意的事情莫過於騎著單車迎風而去。

很久以前，在我的腳踏車之旅中，最常走也習慣走的，離不了長長的瑞光路，位於市區邊陲的它曾經是冷清的、不受矚目的，它的開發緣起於市政府為了規劃市容，將舊有的夜市遷移至此。

而後，它帶動了附近住家及商圈的新興，標榜鬧中取靜的歐式風格別墅和各具特色的餐廳如雨後春筍般冒出，逢華燈初上時分，用餐的、逛街的人潮蜂擁而至，熱鬧的程度不下市中心一帶。

夜市再過去是明亮寬敞的咖啡館，每次經過總見它門庭若市，有時也滿心希望自己能懷抱著相同的輕鬆自在，在濃郁醉人的香味中觀賞著熙來攘往的過客，細細品嚐屬於忙碌都市生活之外的另一種閒情逸緻；只可惜對咖啡因嚴重過敏，也只能對這些得天獨厚的朋友們心存羡慕了。

咖啡店的對面是寵物店，某個時期，為了彌補心中的悵然若失，我常常在櫥窗前駐足，心無旁騖的望著那些也許安靜沉睡，也許嬉戲玩樂的貓咪，直到發現內心那些空白著的位置本無可取代，便也只是輕輕一瞥，不再多所留戀與想像。

再往前行，塵囂的感覺慢慢淡去，面前是一整排擁有庭園造景特色的餐館，曾與舊時同窗、老師在附近餐敘，美好的回憶常存心中。

而後我會花上十五分鐘，到市場附近找老同學聊聊彼此的近況；或是在半途彎進不很明亮的小巷弄，緩緩騎過小巧的卡拉ＯＫ店，情不自禁的跟著音樂哼唱。穿過小巷之後，便可以到書局翻閱五花八門的書籍，或許買一、兩本回家，享受閱讀的樂趣。

該是打道回府的時候，從夜市帶回點心或飲料，足以給家人一份小小的驚喜。

開始上班後，如此的行程變成了絕響。

開始不上班後，小江擠進我的生活中，晚上八、九點時分，我到市區散步或購物，我們一邊通電話，他說他和薇薇，我靜靜的聽。

我駐足在小公園旁、籃球場附近、僻靜的小巷內、超商、大賣場、書局、麵包店，靜靜聽他說他和薇薇的故事。

直到那一天，他說除非他走出情傷，否則不會再主動找我的那一天，一切戛然而止。

一時之間，我無法自熟悉了的情境中抽離。

今天晚上我又到市區去了。走出多麥綠的大門，望著熟悉的街景，物是卻人非；想著情緒上的煎熬和面前文字構築而成的監牢，一陣悵然浮上心頭，我快撐不住了！

撥電話給風（我很少主動找他，尤其是晚上），「轉接語音信箱，嗶聲後開始計費……」雖然很是想當然爾，我難掩內心的失望。

往水果攤的路上，我掙扎了一下，撥了小江的電話（打個電話又不會死，何況他不接的機率是百分之百，我想；我好像有一百個世紀沒打過這個號碼了，我想），響了一聲後，「轉接語音信箱，嗶聲後開始計費……」以他的習性和脾氣，我想到千百種可能：一、我被他封鎖了；二、他還在生氣；三、跟我講話只會讓他頭痛、心情不好，所以他拒絕；四、……；但最有可能的唯一一個可能是：他、不、想、理、我，不想再理我。

我幾乎要哭著回家。這個城市說小不小，我固定出沒的地方就是那幾個，習慣走的道路就是那幾條，而每一個我固定出沒的地方、每一條我習慣走的道路，都留有和他共度的痕跡，每經過一處、每走一步，我的心就要無端糾結一次，我是怎麼了？這個城市又是怎麼了？

我想我居住的城市已被他施了魔法。

回到家後，慢慢好了一些，怕風擔心，傳了訊息給他：「我沒事，只是忽然失去動力，現在OK了。晚安。」

十點半，手機響起，是風。

「怎這樣晚？」我有些訝異，他平常不會這樣。

「要不然妳以為我去敦倫了嗎？」

「是啊，怎麼沒去咧？」

「進廠去啦，例行性維修，妳知道的。」

「是喔，那你只好忍忍先囉！」

什麼都沒問，只說他早上五點就出門慢跑了，沒想到運動場上竟是黑壓壓的人群。然後，「妳等一下還可以講話嗎？我先去吃碗剉冰。」過了一下子，他再打來：「我忽然超想吃冰，但只吃了三分之一碗，過過癮就好。」

果然是跟著感覺走的性格。

「因為邊際效用會減低啊。」我接話。「你吃什麼冰？」

「紅豆冰，我只吃紅豆冰和綠豆冰。」

「為什麼？」

「妳知道嗎？我前兩個月去廟裡拜拜，拿了一塊糕餅回家，今天發現它還完好如初。所以吃東西要小心。」

「喔。」

是他的風格沒錯。

掛上電話後，我在MSN留言給秀芸：「剛才打電話給小江，因為我心裡不太舒坦。他開語音信箱。我有點後悔打給他，我是想說打個電話又不會死。不過沒關係啦，我一下子就好了。」

片刻過後，秀芸回道：「他關機睡覺了吧。」

「謝謝妳安慰我。」

對不起啊，風，常常麻煩你，為了我，你幾乎是「隨傳隨到」，雖然你從來不過問我發生了什麼事（因為怕我難堪，因為我一言難盡），但你知道的，只要和你說說話，我的心情就會開朗一些。真是有勞你了。

（你該不會是為了給我電話才出門吃冰的吧？）

秀芸，我的心事只能告訴妳了，雖然妳完全不明白發生了什麼事，卻總是不厭其煩的傾聽，最稱職的聽眾非妳莫屬。

我的眼眶又濕了，為了一個我惦念的人和兩個惦念我的人。

感謝世上有你們，感謝緣分讓我認識你們，感謝你們的陪伴，「要感謝的太多，就謝天吧」，感謝老天爺。

愛哭鬼！

快樂樹

風趁等孩子下課的空檔打電話給我。

「沒去騎單車嗎？」

「沒有耶，在孵文章。」由於昨晚沒睡好，今天的進度只比蝸牛走路快一點。

「感覺妳今天心情還好，沒有像昨晚那樣。」

「每天那樣還得了！萬里長城都給哭倒啦！」

「是啊，那些修理長城的工人會求妳饒了他們。」他故意尋我開心。

「嘿嘿，現在知道本姑娘的厲害了吧！」我笑。「問你喔，很久以前我問過你為什麼要收我當朋友，你再告訴我一次原因好嗎？」

「因為妳很開朗啊！」他不假思索。

「真的？」我偷笑。「你不可以隨便說說交差喔，我都有錄音，你現在所說的任何一句話都可能成為呈堂證供。」他不知道我把我們的對話都轉換成了文字。

「你是林啟祥？」他的反應超快。

「對啊！現在才知道會不會太晚了？改天抓你來測謊。」

嘻嘻。

認識小江之後，每週五晚上，我們會看偶像劇「半熟戀人」，在第五集裡，有這樣的對白——

黎曉陽：「你為什麼要跟我當朋友呀？」

孟克槐：「跟妳在一起，我覺得很輕鬆、很自在，妳是會讓身邊的人都很快樂的快樂樹！」

於是，小江希望我也當一棵讓身邊的人都很快樂的快樂樹。

黎曉陽是個可愛、坦率的女生，她那總是上揚的嘴角和樂觀、不放棄的人生態度尤其帶著鼓舞的作用。

我雖然沒有不快樂，卻也不是很快樂，我一直過得很平淡，平淡到找不到可以很快樂的理由。

被託付那麼高的期望，我有點抗拒，我知道我的能力，我力有不逮。

雖然遊走部落格多年，我常幻想自己是古道熱腸的女俠，正單槍匹馬闖蕩江湖，會行俠仗義、隱惡揚善；會路見不平，拿土來填；可是幻想畢竟是幻想，我沒練得寒冰掌；沒人要傳授給我九陽神功；獨門暗器是有啦（指我手上的這枝筆），但使用的功力離爐火純青還有太遠的距離。總之，我不過是個只有三腳貓功夫的名不見經傳的無名小卒，用現代話來說叫「遜咖」，而且遜得不得了。

再說，躲藏在殼裡太久，我能照顧好自己已經很難能可貴，何來照顧別人的能力？

但小江卻說：「妳很重要，我希望妳是那個把我帶出來的人。」

直搗我善良、熱心助人兼見義勇為的死穴，該死。

可是我明白自己的斤兩，我想告訴他我做不到，我不會解絕情花的毒，要他去找別人；但我不能，我無法承受他失望的眼神，他是那樣脆弱而不堪一擊，「就像玻璃娃娃，」他的語氣茫然而飄渺：「隨時都可能『匡噹』一聲碎裂一地，再也拼湊不起來。」

我頭皮發麻，比從前被老師欽點當班長時還要頭皮發麻。

但人家對我寄予厚望，是看得起我，身為一個「溺水的人」唯一能抓住的「浮木」，我不能「見死不救」。

所以，在五月的倒數第二天……

我正在睡午覺，他call我。

「~!@#$%^&*……」忽然被吵醒，我咿咿呀呀的亂叫。

「慘了！我把豬惹毛了！不知會不會被咬？」他說。

「是不會咬你啦，頂多用獠牙頂你。正好睡的，幹嘛？」

「我在高速公路上，我要下高雄。」聽得出來他在嚼口香糖。

「喔。你都沒問我要不要來個口膠……」

「妳喔！多虧網友還稱呼妳才女咧，什麼口膠不口膠的？真是掉漆！」我都是這樣和風開玩笑的啊，有什麼大不了的？一派正經！機車。

「吼！拜託！我是說口香糖啦！一點玩笑都開不得，真是被你打敗了！」話鋒一轉，我問他：「真的要來見她喔？」

他回我：「對啊！總要見一次，就算是最後一次也好。」

「如果她不見你呢？」

我為他的固執生氣，也欽佩他的勇氣，更為他的堅持感到於心難忍。

「不知道，不過我有心理準備。」

伸頭、縮頭都是一刀，他一副從容就義的凜然，但我看到的卻是徬徨、痛苦和恐懼。

為了讓自己心死，值得付出這樣的代價嗎？萬一三百公里的奔波換來的是人家的不理不睬，他又將如何自處？回程的三百公里他要怎麼開回去呢？

見到了又怎樣？為的是要她講清楚、說明白吧？三個多月不見你，她的意思還不夠清楚、明白嗎？

傻！

難怪一千多年前，歐陽修先生早說了：「人生自是有情癡，此恨不關風與月」，這即便是華陀再世也要束手無策的心病，也唯有心藥可以醫治。

而對小江來說，那一帖可以治療心病的藥方又是什麼呢？歐陽修先生又云：「直須看盡洛城花，始共東風容易別」，然而，想「看盡洛城花」——歷盡人間的喜樂與悲苦又談何容易？即便歷盡了又將如何？就能體會出怎樣的人生呢？

假使人們對於感情總是抱著「春蠶到死絲方盡，蠟炬成灰淚始乾」的執著，死命的作繭自縛外加拼命的燃燒自己，唯一而必然的結局或恐是「天長地久有時盡，此恨綿綿無絕期」了。

下午五點多，我的手機再度響起：「我剛在休息站喝了一杯黑咖啡，吃了一個泡芙。有點累。」

我告訴他我剛剛做下的決定：「我去高雄找你，好嗎？」

他覺得意外：「好是好，但是會不會太麻煩妳？妳有空嗎？會不會很遠？」

「有空啊，不麻煩，頂多半個小時多一點就到了。」

「那好。以妳方便為原則，不要勉強喔。」他體貼的說。

「我知道，那我先去煮晚餐，晚點再聯絡。」

就這樣，我決定去高雄見他，我不知我能做什麼，但我決定去見他。

稍後，由於有突發狀況來插花，到了八點四十五分，我才坐上北上的區間車，在二十七分鐘後到達高雄。

旅客不是很多，所以比我預估的時間還快。

上了他的TOYOTA，他說：「妳看起來比我想像中年輕，但妳的皮膚好黑。」

「……」

他中等身材，不會惹人討厭的長相，留著短短的頭髮，戴一副近視眼鏡，都這個天了，還穿著長袖、有點厚的外套。（後來才知道，他因為皮膚不好的緣故，手上全是抓傷的疤痕。）

「我打了三通電話給她，都沒接。」他有些失落。

「她還在忙吧！」

「我只好傳簡訊說我人在高雄，但還是沒回音。」他有些沮喪。

「她不會這麼絕情吧！再等一下，說不定很快就有好消息了。」我安慰他。

「我有點餓了，妳會餓嗎？」他勉強打起精神。

「不餓。」

我沒見過幾位網友哩，難免有點小緊張，所以不覺得餓。

「那我們去買個水果，好嗎？我還沒吃晚餐。」

「好。」

這家水果行他來過很多次了，每次來看薇薇，他都住同樣的商務旅館，在同樣的店家消費，尤其固定不變的，去三皇三家吃紅燒素烏龍麵，喝巧克力歐蕾（當然囉，也會坐在他和薇薇的老位子）。

回來的時候，他拎了兩袋水果：「鳳梨和荔枝，喜歡吃嗎？」我點頭。

「妳的時間應該不多，我們找個地方，在車上吃水果，聊一聊，這樣可以嗎？」

「嗯。」

就這樣，我和這個才認識一個多月，卻已經聊過太多太多，也還有太多太多可以聊的男人，一左一右坐在車子前座，開始吃鳳梨。

他讓我看薇薇送給他的東西，是幾樣小飾物、一包相思豆和一個男用皮夾。

而只要是薇薇想要的、需要的、他送得起的，舉凡吃食、書籍、3C產品，他無一不費盡心思去張羅，再以進貢一般恭謹的態度呈上——我想，即使是他送不起的，就算薇薇要的是天上的月亮，他都會想辦法送到她面前，只為換取情人的展顏一笑；而這一切都將在他愛她的心——完完整整的一顆心之前相形失色，他的心遠比任何一件奇珍異寶都來得貴重而罕有。

且聽我話說從頭：

小江開始寫部落格的時間和我差不多，一開始，小江固守在自己的秘密基地，不跟別的網友往來。

他在格子裡寫和前任女友分手後的心情，五百多天過去，離解脫只差一小步了，他即將拋開過去，獲得重生——要不是薇薇闖了進來。

網戀和現實世界的愛戀一樣，發生的時間點是很關鍵性的因素，有一段文字說得很好：「在對的時間遇到對的人是一生幸福；在對的時間遇到錯的人是一場心傷；在錯的時間遇到對的人是一聲嘆息；在錯的時間遇到錯的人是一段荒唐」，很多時候，早一秒鐘或晚一秒鐘相遇，便足以改寫兩個人的命運。

就像那時我們還沒有決裂，小江寫給我的話：「如果妳不是在薇薇之後出現，而是之前，便足以扭轉我的人生。」

可惜的是，那個人出現時機的或早或晚；那個人對我們的生命而言是對的還是錯的，一切通常不在我們的掌控之內。愛情不是做實驗，我們沒有對照組。

我們常誤判情勢，這是愛情最詭譎難辨的一個面向，設若時間和人都契合，有情人終成眷屬的機率自然很高；也可能，我們在正確的時間遇到了真命天子（天女），我們卻不知道，不懂得去把握並且珍惜。

而無論時機對或不對，一旦遇到不對的人，不需多言，這意謂你有一場硬仗要打。

當愛已成往事，把責任和過錯推給時間和對方雖然有助於釋懷，萬一那個「錯的人」是自己，未必可以讓自己從錯誤中學習並成長。

許多可能圓滿收場的愛情就在「對與錯」間被磋跎，不過徒留「此情可待成追憶，只是當時已枉然」的迷茫。

只因我們都是事後諸葛，無法未卜先知；就算有洞察先機的能力，要不要愛，我們身不由己。

唯一一件不意外的事是，最後的最後，我果然有負「快樂樹」的請託，不但無法帶給任何人快樂，連我自己的快樂都給賠了進去，我成了一棵會讓身邊的人都憂傷的憂傷樹。

心靈運動領導者奧修說：「如果你不快樂，那是因為你把事情看得太嚴重，因為你選擇了一個錯誤的態度來面對生命。」

我把事情看得太嚴重了嗎？我用了錯誤的態度去面對生命嗎？多麼希望有人能夠告訴我，究竟要怎麼做才是對的！

「快樂做自己」，大家都這麼說，那麼，應該先快樂才能做自己，還是應該先做自己才會快樂呢？

我沒忘記我曾經是個怎樣的人，我雖然不是很快樂，卻也沒有不快樂，在所有愛恨糾葛的轉折之後，我終歸會回復，做回原來的自己。

但小江呢？他原先的快樂已經被薇薇帶走，僅存的希望也被我摧毀，未來的路他該怎麼走？

從前，他的快樂來自薇薇和我；現在，如果我問他：「你喜歡我哪一點？」他的答案會是：「我喜歡妳離我遠一點！」

真是人生中最諷刺的諷刺啊！

夢

有一天晚上，我作了一個夢。

我夢見自己變成一棵樹，孤獨的佇立在一大片草原上，直到風來我耳邊歌唱、太陽為我輸送溫暖、我全身上下結滿豐碩的果實、小鳥來我髮梢築巢、小動物們來我身畔休憩，連我腳下的小花都開得燦爛，大家的友誼感染了我，我不再孤單，我每天微笑著，開心的過著每一天。

後來，有一個我看不清楚面貌的人來了，他嫉妒我的快樂，嫉妒得快發狂了，於是他拿起斧頭往我身上砍，一下、兩下、十下、一百下、無數下……我抗拒、我哭喊、我痛，我的枝幹泌泌流出鮮血，卻沒有人聽到我的哀號，沒有人來救我。

然後，我一天一天的虛弱，終至枯萎；然後，風消失了、太陽離我遠去、果實掉落、小動物們不肯靠近、小花垂頭喪氣；然後，終於有一天，我死了，孤獨的死去。

我嚇得驚醒，就像每次作噩夢時的反應一樣。

我向來有睡眠品質不良的困擾，翻來覆去間常作重複的夢，由於歡樂總是稍縱即逝，所以能記得的多是比較沉悶的內容。

最常出現的場景是鄉間的老家和外婆家，畢竟是自呱呱墜地後即育我、愛我的所在，雖然前者已被改建為幼稚園，後者則已多年未曾重遊，腦海中的印記鮮明依舊。每當我徬徨，每當我躊躇，心裡有暫時打不開的結，總會去向母親或最疼愛我的外婆尋求安慰。

初戀情人棄我而去後的數年間，模糊的身影總是不定期來夢中攪擾，渾噩之際，我的靈魂常出竅，回去我們相識的地方遊蕩，卻始終找不到他；即使他出現了，任憑我千般呼喚，也只是給我冷漠而無情的背影。

當意欲從現實生活中暫時逃走的企圖越來越強烈時，那種夢境就會浮現，是大海，各式各樣的大海，遠的、近的、洶湧的、平靜的、早晨的或傍晚的，總是一大片蔚藍，帶著鹹鹹腥腥的味道，殷勤且善意的向我招手，讓我的心砰砰砰砰狂跳，令我想不顧一切一躍而下。這種夢境會在一個小型假期後消失不見一陣子，過些時日又周而復始。

曾因難以兼顧家庭而不得不放棄學業，然後又有接踵而來的忙碌生活，慌亂間，我未曾細想這件事對我的內心造成什麼樣的衝擊，但一直一直，我被相同夢境裡的茫然失措扼住脖子，幾乎窒息。我在東部，想回到遠在一百多公里外的家，有時買不到車票，心急如焚；有時坐上了火車，但車廂裡沒有足夠的空氣，我無法呼吸，往往掙扎出一身冷汗，被迫醒轉。

更驚心動魄的，因為遍尋不著摩托車的鑰匙，害怕再也回不去宿舍或家中，慌張狂亂一如熱鍋中的螞蟻。

有時在人際關係中遇到瓶頸，分明被誤解了，怎麼也解釋不清，便會急得在夢中失控吶喊。

夢是潛意識的最佳代言人，我從其中窺見自己未曾察覺或不想承認的心事。這些夢，有的表示我在成人世界中感到疲累了，想逃回最純真的童年；有的指點我不要再眷戀於過往；有的提醒我我的壓力已經滿溢，需要放鬆一下；有的一切我都了然於心，也一直努力的自我調整著。

有陣子，我一面努力實行規律的運動和正常的作息，一面透過度假和寫作釋放出壓力，同時慢慢丟掉一些不該有的執著——執著於不可能重返的人、事、物，漸漸能睡得沉穩，似乎有了較輕快的夢，也或許根本無夢，表示身心皆無掛礙，應是好事一樁。

你作夢嗎？願你常常有美夢，美夢都能成真。

如果快樂樹能復活，那會是我這輩子最美麗的夢。

在轉角等待的幸福

和彬哥聊了一會兒。

在離婚率居高不下的今天，有一個失婚的女人，相對的也會有一個失婚的男人，由於男人總是較堅強，也或許因為他們更容易找到第二春，我少有機會接觸到失婚的男人，傾聽他們的內在，直到彬哥透露他的心聲：「失婚對一個有自我要求感的人來說，猶如失敗的事業對於信心的打擊。在他人異樣的眼光中看來，沒有圓滿的家庭是因為自己不夠好，不懂得體貼最親愛的人，做不到妥協包容、尊重體諒。」

「別這麼說，婚姻不是人生的全部啊！」我道。

「當年，我未曾深入體認婚姻的重要性；後來，我遇到很愛我的人，但陰錯陽差的擦身而過了，我不是立意要這樣，我不懂要怎麼做才叫珍惜。而我甚至以為再婚是可恥的，理智常凌駕於感情之上，婚姻是愛情的見證，是責任的認定，是至死不渝的承諾，這一切是我所能承擔，而且可以做得很好的嗎？在猶豫不決的徬徨中，緣分於是被蹉跎了。」

「機會來了，要緊緊抓住才是。」我說。

在婚姻中，光靠一個人單打獨鬥的付出與努力是不夠的，當兩個人無法達成一起追求幸福的共識，其中會有太多的無可奈何——有時是時不我與；有時是環境使然，當痛苦多於愉悅，與其勉為其難的互相折磨，勞燕分飛是對彼此都好的選擇。

如同以歧視性的眼光看待胖子一般(只是舉例，無不敬之意)，這個社會中的確有少數人對失婚者投以質疑的眼光，這是普世價值的紊亂——多數人認為的善就是善嗎？多數人以為正確的事就一定是對的嗎？一個人要成家立業、生兒育女才算正常而不離經叛道嗎？非也！婚姻不該是衡量一個人是否快樂甚或成功的唯一工具，很不幸的，某些置身於其中的人捍衛著的不過是美滿安康的表象，他們是發自內心的感到快樂嗎？

讓我們看看主計處的統計資料吧——有五萬七千多對夫妻選擇在建國百年離婚，較特別的是，中壯年齡層(50~64歲)的離婚率大幅攀高，是十年前的兩倍強。

中央大學教授何春蕤分析：「高離婚率的原因與婦女受教育、工作機會提升、個人主義盛行有關，而社會也對離婚一事逐漸看淡，不會給予特殊眼光或指指點點。」

至於高年齡層離婚率的攀升，何教授認為：「從某種角度來看未必負面，它突顯民眾對婚姻期望、品質提升了，如果認定婚姻是坨狗屎，絕對不會忍耐吃下去。」

很高興看到有人終於醒悟到自己「受夠了」，於是下決心離開，而不是顢頇的「都已經忍到這個時候了，乾脆繼續忍，忍到死」。

就和結婚一樣，離婚也有其正面意義，我認為它可以少掉幾樁因不堪同居而衍生的家庭悲劇；而讓兩個痛苦的人分開，可以創造的快樂難以估算。

中、壯年齡層離婚的動力一部份來自於懂事的孩子，由於認知到表面和諧的家庭雖然健全，卻並不健康，他們願意支持「相敬如冰、兵」的父母親各自去創造新的人生。

為了因應瞬息萬變的時代，多數人都換上了新思維，可喜可賀。

有個物語說，一個男人長期失業在家，全靠老婆養活，每當老婆求去，他便一把鼻涕一把眼淚的哭喊：「妳不要走，妳走了我怎麼辦？我只有死路一條！」最後，老婆狠下心走了，沒多久，他找到工作，還活得好好的。

對於永遠長不大的人而言，離婚無異是一種激勵。

「別忍耐著吃下狗屎！」真是至理名言。

「即使無法再遇到真愛，即使是一個人踽踽獨行，一樣可以將人生路走得多采多姿。人生總有驚喜，或許另一個春天將於冬日之後到來——誰知道呢？」我勉勵彬哥。

我寫了一首詩送給他：

《在轉角等待的幸福》

這一路行來
披荊斬棘，歷經滄桑
蒼老了容顏，灰白了黑髮
曾經你以為黑暗沒有盡頭
而，你看！
此刻陽光正撒著金黃色的溫暖
終於，你將踱步在夢想的樂土之上
那裡有青翠的山林和蜿蜒的小路
你的歌聲將嘹亮於相思樹間
間雜著我的喝采
高昂過盛夏的蟬鳴
如詩一般波瀾壯闊

再往前多走一會兒吧
只要一會兒，走過這個彎
在崎嶇難行的小徑之後
在轉角等待的
將是盎然的綠意與生氣
屆時，請記得將嘴角揚起
因為那是你等待已久的幸福

闖入

薇薇在無意間闖入小江的部落格後，深受小江的文筆所吸引與感動，從他的字裡行間，她讀到一個男人的款款深情與癡心絕對，她覺得像他這樣願意為愛犧牲奉獻的男人足以被歸類為世間少有的那一種，極度可遇而不可求。

但剛開始，小江是不理會她的，他會在一些時間後刪除她的留言，更不會到薇薇的格子裡做禮貌性的拜訪。

薇薇或許是覺得這男人索然無味，或許是覺得臉上掛不住——身邊從來不乏追隨者的她是感情世界中的女王，怎堪如此無禮的對待？

「所謂的互動應該是雙向的，我也該識趣了，朋友若不歡迎我，我以後不再來就是。」她在小江的留言板丟下這句話。

這一招果然引起小江的注意，他鼓起勇氣去翻閱了她的格子，幾天後，他和薇薇打了招呼：「謝謝妳的提醒。在偶遇妳之前，我的世界是封鎖的。我想，我不習慣當個客人，不是妳自討沒趣，是我的問題，我不知妳想要的是怎樣的互動。妳的格子我看過不知多少次了，只是沒留下足跡，只因進來後，總是有很深很濃的情緒在拉扯，我怕不適宜的留言或回應會感染妳開朗的心，使它不再保有原先的純淨。」

薇薇倒是很快便答覆了：「我可以請問你嗎？你的用字遣詞好像我從前認識的一個朋友，不知……」她若有所思：「你看到的只是我的外表——為了掩藏悲情，不讓人看透所偽裝出來的外表，若你有心，可以從我的文字中去體會……」

小江回她：「應該是妳的錯覺，我是有位已經遠離的好朋友住在高雄……不過，是不是都不重要，假設我們真的認識，而命運安排我們以這種方式再巧遇自有其用意，我會認真看待；即便都只是我們的錯覺，那也無傷大雅，能共同成長、相互勉勵，偶遇就產生所謂的意義了。」

他並且看了薇薇一篇文章，寫下感想：「看不出這是天馬行空的心情感受，只是妳把這份曾經埋藏得好深好深，偶爾才開啟那記憶的寶盒，透過一字一句流露出來。」

薇薇像是有感而發：「深藏也是件美麗的事……」

「同是天涯淪落人，相逢何必曾相識」，兩個都有故事的陌生人，就在惺惺相惜的氛圍中逐漸熱絡起來，有了密切的魚雁往返。

「可以給我你的手機號碼嗎？」兩個星期後，薇薇忽然說。

小江沒想到薇薇會提出這樣的要求，網路上的你來我往只是虛擬，部落格也算開放的空間；透過電話的接觸卻是實際的、私密的，尤其是一對一的，這樣好嗎？先是電話，接下來還有更進一步的發展嗎？雖然他和薇薇相談甚歡，在他的心目中，她是位特別、溫柔的女性，但他心上的傷痕還沒有癒合，他還沒做好接受另一個人的準備，所以他猶豫了，沉默了一天。

「躲起來了是嗎？還真是不堪一試！」薇薇激他。

他向她解釋：「我只是希望我們可以有多一點的時間彼此了解，來日方長，不急於一時吧！」

「對不起！或許是我心防太深，不容易相信別人。」

小江開導她：「假如我們的相遇是我生命中的必然，我會如拋棄果皮般拋棄生命以擁抱永恆；但現在我無法確定——我像一隻伺機而動卻又不肯扎下利刺的蜜蜂……愛情才是妳生命中的一切嗎？如果是，那還真讓人傷感！曾經，我有一個信仰——我是為愛而生的人，為了這個信仰，我幾乎用盡了氣力。原來除了我，還有其他人也懷抱著相同的信仰並苦苦追尋著。夏季大三角原是牛郎織女星與天津四的愛情傳說，妳關注的是天體運轉本身無窮無盡的奧妙，還是背後所隱含的濃郁愛情寓意呢？我一直想告訴妳，生命中不應只有這種型態的痴迷，也該有喜樂與歡愉。動心轉念好嗎？蜜蜂之所以伺機而動又遲遲不肯扎下利刺，是因為害怕要以命相抵！」

此番出自善意的言語是勸慰，也代表小江內心深處起伏不定的躊躇，不料換來的卻是薇薇的不諒解：「你就這麼沒有勇氣嗎？難道你還想著她？」

小江累了，不想多做解釋，只道：「此刻的妳好疏離，讓我好低落。」

在不確知自己和對方心意的當下，他們無法肯定該往前走近還是留在原地，如同那首歌所表達的：「往前一步是黃昏，退後一步是人生，風不平浪不靜，心還不安穩，一個島鎖住一個人。我等的船還不來，我等的人還不明白……」愛情萌芽之初，大抵要經過此般的心路歷程吧——既期待又怕受傷害——想接受的意念往往臣服於不知自何處湧上來的怯懦；想放棄卻是萬般不捨，只因好奇心總無端作祟，你很想知道上天會如何安排兩人的ending，你不想錯過。你自此寢食難安、患得患失，只得步步為營、戰戰兢兢。

「我們到此為止吧！」有時薇薇像是想就此放手，小江便也裹足不前：「或許我是靠得太近了！或許我該慢慢的一步一步往後退！失去自己的感覺好苦，在乎一個人的感覺也好苦！雖然這些我都懂，我卻依然一點反抗的能力也沒有，才剛從一個泥沼脫身，卻又陷入另一個漩渦裡，越陷越深，我該做垂死前的掙扎嗎？」

此時，反倒是薇薇著急起來：「人生中若能遇到一個真正懂自己、疼自己的人才是幸福。」隱藏在其中的訊息似昭然若揭而模稜兩可，讓小江正面、反面、來來回回尋思無數次，又是揣測，又是摸索，企圖試探卻苦於找不到著手的點及方法。

在攻與防的心理戰中，兩個人就這麼拉鋸著。

百花叢裡過，片葉不沾身

R來格子裡警告我：「妳這假放很大喔，小心被放生！」哇哈哈！我不怕的！我巴不得讓人家放牛吃草，我嚮往自由的空氣啊！

話說回來，一個多月了，自開啟部落格以來，這是我第一次離開那麼久的時間，還真是破了有史以來的紀錄。

對我來說，部落格代表著什麼樣的意義呢？它在我的生活中又扮演了什麼樣的角色？這是一個可以長篇大論的問題，掐頭去尾來說，它是我表達想法、抒發情感和交朋友的園地。

如果沒有它，我的生活會一整個沉悶到不行；我不可能「認識」那麼多人；我不會變得愛哭又愛笑；還有一點，我不會和「大叔」重相逢——這個留待以後再說。

以上是簡單扼要的說法，旁敲側擊或許還比較能接近核心真相——不如問問老鄭對於我寫部落格的看法。

可是……老鄭從來不看我的部落格！

「他一點都不關心妳喔？」有人不可置信的問。

「為什麼他非要看我的部落格不可咧？」我搔了搔頭，百思不解。

我不敢說自己很賢慧（可不是「閒」在家裡什麼都不「會」喔）；但是，除了共同的工作，我要做家事、照顧公婆和孩子，還要侍寢，絕對做到了人盡其才。

我還很宅，如果沒有必辦的日常事項，我可以好幾天不出門。

總而言之，我讓他沒有後顧之憂。

這樣優質的老婆連「打著燈籠去找」都不用。

關於「女人上網就會變壞」的疑慮，他相信並不糊塗的我自有分寸。

先來拆解「壞」的定義好了，我認為男人是如此思考的：

女人不像以前那樣花費心思於家庭上了，以至於影響到原來相夫教子的功能和賢妻良母的義務。延伸而論，是害怕老婆從此不再百依百順；不再無微不至的服侍他；不再把全副心思放在他身上；會被洗腦而萌生他所無法掌控的想法或行為，因而反抗他；更嚴重的，可能被別的男人誘拐而拋夫棄子……種種他所能預想到的最壞的狀況困擾著他，讓他在極度沒有安全感的狀況下如坐針氈。

如果男人非得如臨深淵至此，那我會有以下的揣想：這樣的男人雖然口口聲聲表明自己已經摒棄大男人的習性；然而在他們的潛意識中，還是覺得女人除了要為家庭鞠躬盡瘁以外，不能擁有與發展她們個人的興趣與樂趣——這樣的推測不無道理吧！

坦白說，由於網路比馬路還危險，以上的顧慮並不算庸人自擾；但讓我特別有感觸的是，如果一個女人會由於網友的煽動便產生不安於室的念頭，所謂「冰凍三尺，非一日之寒」，網路只是一個導火線，不是罪魁禍首。

將一切歸咎給網路，有「欲加之罪，何患無辭」之嫌。

自古以來，男人一向很會「保護」他們的女人——從前是認為女人上學會變壞，所以發明「女子無才便是德」這種名為褒揚，實為恫嚇的金科玉律來予以約束；除此，還認為女人上街拋頭露面會變壞，所以要她們綁縛小腳，讓她們大門無法出，二門邁不了；近來呢，則是主張女人上班會變壞，有人不准老婆和同事有工作以外的接觸；如今更希望女人最好不要上網，免得被一些阿貓、阿狗帶壞。

時代不同，用的伎倆卻大同小異，這些作法不啻於將女人當成沒有自我意識的非主體，在這種一言堂式的制度下卻奢談男女平等，不過是大男人為了證明自己並非胸襟狹窄、食古不化所施展的欲蓋彌彰的虛晃之招，正是「司馬昭之心，路人皆知」。

其實，我們在網路上「行踏」，需要的不過是一點同儕上的精神支持，一個可以釋放自我、開拓視野的空間，就是這麼單純，男人們關心就好，不用杯弓蛇影的思慮太多。

學好的女人不會變壞，懂得潔身自愛的女人不會變壞，這是我的自信與堅持。

所以，除了共同的工作，要晚睡早起、負責家裡所有長工事務的老鄭根本不需要花精神看我的部落格——我的人就在他身邊，扣除睡覺的時間不算，一天二十四小時中，我在他眼前晃來晃去的時間超過半數，我身上有幾根汗毛他瞭如指掌，即使我企圖要七十二變的戲法，根本逃不出他的五指山。

而女人該享有的一切——不管那是什麼，我一樣不缺，何必吃飽沒事幹，自找麻煩？

同理可證，對於我的交友情形，老鄭從來不過問，「剛才有人打電話給妳。」他頂多提醒我，但不會接我的手機，也不會看或問是誰打的，除非我主動和他分享。

他只會幫我檢查手機有沒有記得充電。

有時看我幾天沒出門，會特意要求我：「我想吃臭豆腐，妳去買好不好？騎腳踏車去，順便運動一下。」

我才會騎上單車，在吹著微風的夏夜，到市區裡閒晃、看人、放空。

這是他表示關心的方式，我看在眼裡，受用在心底。

有人為我感到惋惜：「以妳的能力做現在的工作，簡直是大材小用。」我不以為然。

選擇了什麼樣的婚姻，也就決定了什麼樣的生活方式，就在我放棄事業，決定和老鄭走入家庭，共同經營未來的那一刻，一切均已註定，若果要在自我與家庭兩者中擇其一，我應該是那種即使能夠無拘無束享受展翅高飛的自在，終究喜歡在陸地上腳踏實地安然行走的女人吧！

唯一期許的是，我的成長得由自己主導，而我也做到了——三十五歲那年，克服了諸多困難，我以優異的成績自進修專校畢業，我實現了長久以來的夢想，我以自己為榮。

而透過在部落格揮灑出獨有的一片藍天，我宣告了我的自主權。

總而言之，網路是讓人際關係更開放而多元的工具，但不是讓人誤入歧途的媒介，要在無涯的網路悠遊，對於心腸和耳根子都來得更柔軟一些的女人而言，特別需要一些自保的絕技，「百花叢裡過，片葉不沾身」是不錯的方法，所謂「明哲保身」，古人有云是也！

讓她做自己

「婚後老朋友紛紛淡了，也不容易交到新朋友。」前陣子，網友小悅如此感嘆，對我來說，這恐怕是有點影響的，這是我轉而喜歡寫作的原因之一。

面對已婚的老朋友，談話的重心通常離不開老公、孩子、姻親和家庭瑣事，「難唸的經」總有令人厭倦的時候，慢慢的便覺得對話起來實在無趣。

未婚的則多數忙著工作或約會或照顧父母親，先是見面的時間兜不攏，而後也漸漸失去灌溉友誼的熱誠。

新朋友雖可能來自新的學習中志同道合的伙伴，卻未必可以交心，還得害怕自己的私密被當成茶餘飯後的點心般傳來傳去。

既然在現實生活中有所顧慮，小悅於是在網路上找到了她的新天地，她成立部落格，將自己的攝影作品分享於網友，也和網友進行著熱切的互動，在虛擬世界裡盡情揮灑著最真實的自我——直到老公對她展開監控。

「人妻難敵男網友甜言蜜語的煽惑，輕則發生一夜情，嚴重的甚而拋夫棄子、離家出走」的事不是沒耳聞過，老公在意的是這個吧！怎能放任老婆於被誘騙、拐帶的危險中卻坐視不管呢？

但小悅認為自有分寸，是老公疑心生暗鬼，兩個人因而吵了起來。

某天，小悅神秘兮兮跑來告訴我，原來表面上她是退讓了，但為了躲過老公的眼線，她用不一樣的身分另外開了一個格子。我去看了看，哇！犀利的文筆、率性的言語和活潑的風格，果真截然不同，我可以感覺到她自我解放的快樂。

「真有妳的！」我誇讚她。

「當然囉！窮則變，變則通嘛！」小悅很是沾沾自喜。

不知另一半如果知道這件事，會不會有「嚴官府，出厚賊」的悵然？

每個人都有極具個人色彩的一面，當當事人想奮力保護這屬於自己的一部份時，旁人越是干涉，越將適得其反，身為親密枕邊人尤其應該明白這個道理。

防堵不如疏導，約束不如陪伴；質疑她不如信任她，指責她不如觀察她，懂得傾聽和釋放內在聲音的女人不容易迷失，放手讓她去看看外頭的花花世界，走不遠她就會回家。

花時間和精神去掌控她，不過製造兩人間的緊張和衝突，遠不如讓她做自己，為彼此製造坦誠相對的機會。

情願

和「大叔」失聯超過二十年，我沒想過還能與他重逢，命運之神卻促使我們再續前緣，人生中果然沒有所謂的絕對。說起來，無論是我們的相識，以至於再度的邂逅，在在充滿了戲劇性的張力，如果說人生如戲，掌管人世間悲歡離合的劇作家未免把我們的故事寫得過於曲折離奇。

關於我和大叔的過往，我想用第三人稱來摹寫：

男孩與女孩相逢在雙十年華，這是男孩的初戀，而女孩另有一段不確定的感情，由於稚嫩，他們不知道要如何處理三個人的關係。他們無所畏懼的相愛，但年輕氣盛讓他們爭吵不斷；尤其男孩還在服役，聚少離多使得兩人對共同的未來缺乏安全感；而他的父親不贊成他們交往。

重重關卡橫在眼前，使得女孩起了放棄的念頭，但男孩不懂，他以為女孩在乎的是另一個他，兩個人於是陷入更嚴重的、彷彿永遠無法平息的拉扯。

在幾幕不堪的情節之後，女孩覺得是該終結紛擾的時刻了，她遠離家鄉，到異地去開始新生活，並要家人轉告男孩不要找她，她需要安靜的想想，或許有一天她會找回重新面對一切的方法和力量。男孩很是沮喪，他以為自己不是能給女孩幸福的人，他決定祝福他們。但是他還是不斷思念著女孩，希望能再見她一面，退伍那年除夕，他打電話給女孩，她拒絕了他的請求。

隨著時間的逝去，男孩慢慢心死，兩年後，他娶了同鄉的女孩為妻，她愛他更勝於他愛她。然後，孩子一個一個出世，他沉浸在為人父的喜悅中，也覺得肩上的擔子更加沉重了，雖然偶爾還是會想起那段無法圓滿的情誼，為了給孩子溫暖的家，他努力工作、菸酒不沾，維持著好丈夫、好父親的形象。

許多年、許多年過去，男孩已經是成熟的男人，他自網路得知了女孩，不，女人的消息，懷著忐忑不安的心情，他給女人留了話，也很快得到她的回應。在電話中聽到彼此的聲音，只有「恍若隔世」足以形容心中的喜悅及澎湃，他們聊工作、談家庭，沒了往日的青澀和惶然，語氣中充滿重聚的歡樂。

而後，趁著男人出差之便，兩人相約見了一面，他們重遊了舊地，只為了告別魯鈍的年歲，和過去做個了結。坐在當年常去的海邊，男人說：「當初我以為妳和他在一起，所以才先結婚的。」原來他一直覺得對不起她。

「別這樣想，你有權利尋求自己的幸福啊！」女人笑他的傻。

女人並沒有和另外那個他再續前緣，她嫁給一個因為相親結識的男人，雖然吃了不少苦，總算苦盡甘來，過著平淡而安穩的日子。

「從前不懂事，以為愛一個人就是要緊緊抓住她，不知道讓人無法呼吸的愛並不是真愛。」男人語重心長。

她點點頭：「很多事情是要有一些歷練後才能體會的，現在想通也不遲，總比一輩子懵懵懂懂還好。」

回家的路程漫長，女人催男人上車，臨別前，他們互送禮物，當作可能是此生最後一面的紀念。

而後，男人用力的擁抱了女人，他的話哽在喉嚨，說不出口，但女人明白他的意思：「對不起，也謝謝妳。」女人沒有作聲，但男人了解她想說什麼：「過去了，都過去了……」

火車載著他們，一個北上，一個南下，各自回歸原來的世界，那個世界並沒有因為對方的出現而改變，它仍然維持著相同的節奏。或許他們註定要仳離，讓彼此的生命在憶及彼此的每一分、每一秒，像火車一般，循著既定的軌道徐緩而規律的前進。

這一生，我們會和怎麼樣的人相遇，有時是緣分，有時是意外，錯過的可能是最好的，陪在身邊的也可能是最棒的；未曾走過的路充滿誘人的美景，正在走著的路亦不遑多讓。

如果年少輕狂時的聚首有它桀驁不馴的味道，中年後的相逢當有其沉穩篤定的風格。起落有時，成敗有時，生命的編劇也許另有其人，但身為主角，演誰，就該像誰；演自己，就該像自己，能認清本分的，就是成功的演員。

那些劇中的喜怒哀樂與悲歡離合不過是過往雲煙，終於有一天，它們將隨風而逝，那時，我們將自在、輕快的一如天上的雲……

託給飄過的雲

到市區辦事，完畢後，傳簡訊給風：

「我在玉銀，不在首銀。今天13號星期五耶！」

「不想回家，想在這裡吹冷氣，睡一覺，你下班的時候記得叫醒我。」

「還可以喝個下午茶，你要什麼?我幫你點了提拉米蘇和拿鐵，等等就幫你享用。」

天氣很是熱，心情很是悶，只得拿雞毛蒜皮的小事來取樂。

稍晚，風留在公司加班，加班耶，卻還可以到樓下東看看、西晃晃，順便欣賞美女（他總是說擺著美女不看，那叫暴殄天物，對不起人家，也於心有愧）。

「還有加班費可領，應該不少錢吧。」我問他。

「錢是很好用的東西，但談錢就俗氣了，就好像吃蒜頭有益健康，但告訴別人你剛吃過蒜頭，氣氛會當場冷掉一樣。」

「什麼比喻啊!你這是!」這人，永遠有天馬行空的idea。

「最重要的是老闆交代的工作不能不完成，不然就要準備『扛去種』。」

風雖然是道地的台北人，但他的老家在中部，知道他的出生背景後，我便經常用台語和他交談，我愛極他那特別得可愛的北部腔台語，百聽不厭。

他常說的三個字是「加輪筍」（我在網路查到的正確用字是「交懍恂」，打哆嗦的意思）。

「妳說得這麼肉麻，我會加輪筍啦！」

「我的車子不知怎麼了，熄火的時候引擎會抖一下，好像尿尿完在加輪筍一樣。」

「我如果用我銳不可當的眼神望著經過的美女，不知她會不會起加輪筍喔？」

他還會用「烏鬼鬼」這個形容詞——「我想去墾丁玩，又怕曬成烏鬼鬼。」黑得像隻鬼？真鮮。

我們都說烏mà-mà。

前面提過，我和風的關係是且分且合的，為什麼會這樣子呢？說實在，我也不是很記得了（可能是「選擇性記憶症候群」又選擇性的發作了）；我會慢慢想起來的。

我必須無所隱瞞的說出來，其實，這些日子以來，我無時無刻都在設想我隨時可能再度（應該是第三次）失去他，也就是說，那特別得可愛的北部腔台語即將成為絕響，這個杯弓蛇影的想法令我感到不安——習慣了一個人的存在；習慣了可以經常聽到他的聲音；習慣了無拘無束的說說笑笑，一旦這些都不見了，我不知道要怎麼過生活，或許要連微笑都不會了；儘管沒有他，我並不會頹喪或死去，而是照樣過著日子。

他又是怎麼出現的呢？二〇〇九年冬天，彷彿許了好久的聖誕節願望終於得到了應允，翩然的，他走進了我的生命，他很特別，心思敏銳得特別，溫柔敦厚得特別，讓我像個孩子似的賴著他。

當我說：「心情有點差，陪我聊一聊。」他會安靜的傾聽，然後給予最中肯的安慰。當我抱怨：「他傷了我的心！」他只是讓我發洩失控的情緒，沒有冗贅的言語。

在電視劇「康熙王朝」中，後宮粉黛三千，康熙最愛的人是容妃。他到容妃寢宮時，最愛說的就是：「朕想和妳說說話！」後來，不得已廢了容妃，但每當需要發洩心中鬱悶時，康熙還是習慣要走到容妃處，可惜人去宮空，唯有抱憾而歸。

兩相對照之下，有了風這樣理解我的思想與情感、隨時可以暢所欲言的朋友，我等於擁有了康熙所沒有的幸福。

但我卻不懂得要惜福，二〇一〇年四月，我無理取鬧的發了牛脾氣（是我的錯，我越了界），發誓再也不要理睬他，但才明白自己對他的依賴已經超出想像。

一個多月後，他竟意外出現，失而復得的友誼是那樣彌足珍貴，我幾乎喜極而泣。而後，六百個日子無風無雨。

有喜怒哀樂，不缺悲歡離合，我們之間是如此家常，像朋友，也像手足，不是轟轟烈烈的熱情，卻有一番平凡的親切在其中。

我們的相遇突如其來，我們的相知卻是那樣恬適自然，雖則我們的擦肩而過亦將雲淡風輕，我會深切記得，二〇〇九年冬天，他從冥王星來到地球，我們開始了開始。

然後，在二〇一一年初冬時節，他又突然由聒噪而靜默。

雖然他對自己的問題總是輕描淡寫，我明白他自有必須消失的理由。

除了到他的部落格留下「沒有一天不想起你，我懷念一切美好」，我沒有給他任何電話或訊息，因為我寫了一封寄不出去的信：

去慢跑，在寒風中與自己奮戰，一面想你，不告而別的你。

那些和你彼此相伴的日子啊，雖然我們或即或離，淡然的友情若有似無，一旦確定你不再回頭的心意，那些不甚鮮明的印記便一一清晰起來，每每於午夜時分，當我於是能夠安靜下來，憂傷的感覺便慢慢發酵、擴散，難以阻擋。

聽著自己規律的腳步聲在跑道上揚起，忽地有你低沉得悅耳的嗓音穿越時空而來，那是你的千般好：初識時，我正當為生活瑣事心亂如麻，是你的安慰使它澄澈一如寧靜的湖面；沒有你那些會讓我需要穿上大衣的冷笑話，我又該如何排遣乏善可陳的沉悶歲月呢？

尤其要謝謝你對我的鼓勵，我是個不愛運動的懶骨頭，卻不只一次，你向我宣揚慢跑的好處，說你可以一天跑上兩個回合；說你曾經在下雨的天氣裡，即使穿著雨衣也要跑；說一呼一吸間可以調整身體機能，同時釋放心靈。

記得有一次，我打電話給你，耳邊傳來你氣喘吁吁的實況轉播，我趕緊道：「你在『忙』啊！對不起，打擾你了！繼續，繼續，不要停！」電話這頭的我陷入大笑中，越是平凡的事物，越是能夠突顯你我之間的默契，你不知道這份心有靈犀對我而言有著多麼重大的意義。

然而，等我愛上了慢跑，讓我愛上它的你卻已消失無蹤，造化如此弄人，怎不教我黯然神傷？

親愛的，我只是嘴硬，假裝不在乎你的離去，我們這種星座啊，你知道的，把面子看得比什麼都重要，為了怕被嘲笑，明明心裡脆弱得要命，外表上卻會裝作若無其事，說穿了不過就是紙紮的老虎。

猶豫著該不該嘗試挽回你；只是，我了解某個部份的你一如了解我自己，我是不愛被羈絆的個性，所以將尊重你的決定。至於別離後的悲傷種種，就由我一口吞下，並且盡快忘了它們，不留下任何負擔，讓你的離去一如當初出現時一般輕盈。

依照慣例，在這次的緬懷之後，我會迅速恢復原有的我，該快樂時快樂；該安靜時安靜，只把想你的心，託給飄過的雲，而此時我望著天空，雲兒已經遠颺而去……

《相望》

是誰往我這兒踱來了呢
這兒有溫煦的陽光
和暖色調的熱情擁抱
小徑已然打掃乾淨
拿鐵在爐火上泛著醇香
你也許是來自遙遠北方的風
而我是南下過冬的候鳥
因著前世的一面之緣

我們相遇了
為我，你停下流浪的步履
為你，我卸下疲憊的武裝
才知道原來我們可以暫停流浪
只是，你亦如合歡山上的雪花片片
從來只眷戀高原
不屬意凡間
於是有一天我們也終將別離
到那時將沒有憂傷
因我已化身鷲峰頂上一株綠芽初萌的松
日日與你相望

失去是正常，無常即平常。

愛在曖昧不明時

愛在曖昧不明時最美，男女交往之初，在還沒有確定對方的心意時，尤其是女人，她們覺得若即若離是有效的手腕——不要太輕易給予熱情的回應，比較能夠抬高自己的身價。如果女人對自己有幾分信心，也對對方的熱誠有幾分把握；如果男人剛好不是「草食」一族，也算有耐心，欲迎還拒的態度本無可厚非，很多女人即便口口聲聲男女平等，面對讓自己小鹿亂撞的異性，還是樂當小女人的。

薇薇在界於女王和小女人之間的灰色地帶掙扎。

然而有一天，她豁然開朗了，去他的矜持，去他的欲擒故縱，女人沒幾年青春可以浪費！這時，剛好公司派她到北部出差，她想不如和小江見個面，有什麼話也好說個清楚。

小江心想，盡個地主之誼也屬應有的禮貌，便答應了她，於是他們見了第一次面。

小江不是外貌協會的會員，但出乎他的意料，薇薇是個身材姣好、眉清目秀的女生，甜而不膩的笑容更讓小江對她增添了幾分好感。

他不由自主將她與「詩經・衛風」中的「巧笑倩兮，美目盼兮」連結在一起。

小江對自己不帥氣的外表向來沒幾分自信（他太謙虛了，我倒覺得他是型男），能夠得到美女的青睞，他有些無法置信。

他帶薇薇去他喜愛的餐廳吃飯；帶她去欣賞湖光山色；帶她去向日葵花海，在花海中，薇薇小朋友似的興奮奔跑著、嬌笑著，兩頰上泛出兩酡紅暈，看得他目炫神迷；他的目光隨著她的身影移動，如同向日葵對陽光的慣性依戀。

薇薇終於累了，她大呼：「我好累，需要休息一下。」

小江問：「妳的行程是怎麼安排的呢？」

薇薇回：「我明天休假，這裡的風景很美，空氣很清新，我想在這裡過夜，好好放鬆一下。」

小江想了一下，詢問她的意思：「那……找家汽車旅館住一晚吧！然後我就離開，明天早上再去接妳。」

薇薇對他的提議表示贊成。

車子慢慢往更僻靜的郊外駛去，大約經過二十分鐘，車子停了下來，薇薇抬頭一看，是一家頗新穎的汽車旅館，她誇讚道：「眼光不賴喔！現代感十足！」

簡單的check-in手續後，小江把車子駛進三〇八號房停放妥當，而後拿起薇薇的隨身行李，跟在她身後。

打開房門，映入眼簾的是一個潔淨而寬敞的沐浴空間——中間是圓型的按摩浴池，旁邊有淋浴室、蒸汽室和三溫暖烤箱；較遠的一側則立著一大片落地玻璃，玻璃外面是小小的水池，池邊舒落有致的豎立著幾根竹子，池裡有小魚悠遊其間。往樓上走去，中央是一頂寬敞而舒適的大床，床頭垂落著紫色半透明的帷幔，床尾擺放著大螢幕的電視機；此外還有一張按摩椅，也有小型的茶水間，果然應有盡有，方便性高，舒適性也十足。

小江覺得不方便再打擾，正要開口告辭，薇薇卻說：「剛才玩得太忘我了，滿身是汗的，你先坐一下，我去沖個澡，馬上就出來。」

小江聽了，依言坐到床邊的椅子上，打開電視，看了起來。

不一會兒，薇薇裹著浴巾，從樓下上來，一看到他坐著，便說：「怎不躺到床上去呢？你也累了吧！躺下來舒服些。」

小江雖然覺得不妥，卻沒有抗拒的挪動了一下身子，靠坐到床上去，把他疲累的雙腳舒服的伸展開來。

薇薇跟著坐到他旁邊，眼神深邃的盯著他。

小江雙眉之間的距離很是開闊，就面相學來說，這樣的人大多生性寬宏大量、溫和親切；他的嘴唇厚實，則是重感情、念舊的表徵。

「江，你對我好冷漠喔！以前是，現在也是，難道你一點都不喜歡我嗎？」薇薇抱怨道。

「妳誤會了，我沒有對妳冷漠，我喜歡妳，我只是覺得我們不該發展得太快，以免……」小江欲言又止。

「以免怎麼樣？」薇薇追問他。

「我是說……」小江沉吟了一下：「我是說，況且妳認為我心裡還有其他人的存在。」

「我的想法錯了嗎？我才不要當破壞你們的第三者。」薇薇咄咄逼人。

「唉！我本來不想解釋的，我已全然告別過去，連記憶都拋卻了，妳別想那麼多，好不好？」

「真是這樣的話，我要你證明給我看！」薇薇向小江靠近。

「證明？妳要我怎麼做呢？」小江為她的舉止感到錯愕與慌亂。

「愛我！」薇薇凝視著小江的雙眼，彷彿要看穿他的心，直達他的靈魂深處。

「不可以……薇，不可以……」他想抗拒，但話未出口，薇薇濕熱而滾燙的雙唇已經貼上他的，而她的手撫摸著他的臉，緩緩將她的情慾傳遞過去，再向下傳到他的體內。

小江試圖不要去感受那股暖意，不，這不是兒戲，我還沒準備好……

「江……」薇薇的臉越是向前逼近，她渾身上下散放出噬人的熱，似是一團火球，燒向小江，燒向他的惶惑，他無處可逃，只能向前迎去。

此時無聲勝有聲。

事後，「薇，我……」小江不知說什麼才好。

薇薇以一枚香吻封住他的嘴：「什麼都不必說，江，我相信你，我相信你已經抹去對她的記憶，從今以後，讓我為你創造全新的一頁，好嗎？」

「薇，謝謝妳，我願意，我願意！」小江被深刻的感動。

對他來說，當一個女人願意和男人建立親密關係，那是一種認定，一種承諾，既然薇薇都以身相許了，他豈能再猶豫不決？他告訴自己，是該徹徹底底揮別過往，重新來過了。

「來吧！愛情！我將勇敢迎戰，就算是要讓你幻化而成的烈火紋身，也在所不惜！」

愛在曖昧不明時最美，愛在雨過天晴時更是美不勝收。

擺盪

說到這裡，小江的故事算是告一個小小的段落了。

我瞄了一眼面前的時間，23：16，而薇薇那邊還是一點動靜也沒有，小江的心情想必在欣喜與絕望兩者間來回擺盪，我也是。

「鵑，時間不早了，我該送妳回家的，可是我人生地不熟的，真是過意不去。」小江滿懷歉意的說。

「沒關係啦，我獨來獨往慣了，再說，你需要休息，別再奔波了。」我有些擔憂：「倒是你，你一個人真的沒問題嗎？」

「說實話，此刻的我已身心俱疲，但是……妳放心，我OK的。只不過是一點睡意也沒有，我睡不著。」說完，他嘆了一口氣，閉上了眼睛，往後靠在駕駛座上，似乎連移動一下的力氣也沒有。

我不放心，不放心丟下他一個人，於是我說：「我可以不回家，留下來陪你。」不知打哪裡跑出來的念頭，讓我冒出這句話。我說過我的想法像男人，指的大概就是這種乾脆到近乎無厘頭的作風，還不到快意恩仇的程度，但用「率性」兩字足以比擬。

「這樣好嗎？妳的家人不會擔心嗎？」小江問。

「不會，我交代一下就行了。」我說。

我打電話告訴老鄭，他並沒有多問。

「既然這樣，不如我們去吃清粥小菜？」小江的心情似乎頓時好轉了些許。

「贊成！給你按個讚啦！」我也有一種說不出的輕快感。

點了荷包蛋和四、五樣菜，外加兩碗熱呼呼的稀飯，早就饑腸轆轆的我們迫不及待吃了起來，好像餓了一百年一樣。

吃飽後，小江帶我回他住的商務旅館，向櫃台詢問道：「我是一二一〇的房客，請問隔壁還有房間嗎？」

站在櫃台後的帥哥查了一下電腦，回答說：「有的！請問一二一一好嗎？」

這時，「啊？」我發出了疑惑的聲音，一個房間？兩個房間？你看我神經之大條的，我沒想過這個問題耶！

「再過幾個小時天就亮了，我在沙發上窩一下就好啦！」我說。

「那可不行！妳總要梳洗一下吧！何況妳是客人，要讓妳住得舒適一點才對。」小江堅持。

「讓你破費了，真是不好意思，我這莽撞的個性真該改一改的。」我覺得歉疚。

「別這麼說，還讓妳跑一趟，我才不好意思。」小江搔了搔頭。

搭電梯上到十二樓後，我找到自己的房間，打開門，回過頭向小江道晚安。

小江說：「好好睡一覺吧！晚安！」

「晚安。」

而讓我們等了又等的薇薇還是維持一貫的沉默不語。

愛與不愛間，千萬難

自從見過第一次面後，小江和薇薇的戀情急速升溫——至少他如此認為。

他為她朗誦泰戈爾的「漂鳥集」：

「妳不發一語微笑著，而為此我已等候多時。」

「在愛人的面前，世界卸下了它的莊嚴面具，它變得渺小，宛如一首歌，一個輕輕的吻。」

「我們一度夢見彼此是陌生人，醒來時卻發現我們正彼此親愛著。」

「玻璃燈因瓦燈稱它表兄而予以責備，但當皓月上升時，玻璃燈卻露出溫和的笑容，喚它我親愛的——親愛的姐姐。」

「影子垂下面紗，秘密的、溫馴的跟隨在光的後面，踏著無聲的愛的腳步。」

「我的心湧起千層情濤，衝向世界的岸邊；我要用淚水的語言題上它的簽名：『我愛妳』」。

他為她寫下心語：

「於我，幸福無他，不過是陶醉在一種純然的感動中，而陪伴在身邊的那個人也心有戚戚焉。」

「有點距離的美感才是最美的；不過我無所謂，也從不懼怕，玫瑰縱使有刺，但那是要聞到玫瑰花真正的香味所必須付出的代價。我不怕刺，因為我聞過真正的玫瑰花香！」

「我很幸福，因為我是妳心靈的港口。」

「願妳在我的羽翼下成長、茁壯、快樂、自在的飛翔。」

他為她吃醋：「妳現在會在我們講電話時回應網友了，這不是好現象，妳不專心、一心二用，我哭哭！」

他為她遍尋對健康有益的資訊，只因她的身體不好，常常生病。

他希望她不要過於拼命工作，更苦口婆心的叮嚀她不要熬夜上網。

他四處搜羅她愛吃、可以吃的美食，有時甚至充當宅配員，專程由北而南為她送達。

他在她遠赴日本出差的時候，苦苦望穿秋水：「今早北臺灣的天空下起了雨。還記得嗎？雨，是我倆之間心照不宣的默契，它是要告訴我們彼此，不管身處何地，都要惦記起遠方的某個角落，正有個人在想念著妳。」

「電影『聽說』裡提到，下雨的聲音是想念的聲音；而我說過，又濕又冷的大雨則是一種狂熱的想念！」

「希望這樣的分離不是一個開始，分離的苦不在相思——相思是甜美的，苦是苦在我不捨一向纖弱的妳，在異鄉那種不要命似的工作態度；我怕妳孤寂無依，又怕妳受風寒，那樣的苦像是一根根利針，刺在我的心坎！」

他為她在寒風凜冽、淒雨料峭的嚴冬裡，在楓樹下撿拾掉落的楓葉，把它們壓製乾燥，夾放在書頁中，而後拼貼成一幅畫，然後裱框、包裝，準備當成情人節的紀念禮物。

做這些事情的同時，小江是把自己的狀況拋諸腦後的，他忘了他是生過大病、動過大手術的人，過度操勞一樣會讓他虛弱、免疫力降低；但他已忘我，他的眼中只有愛人，沒有自己。

那麼，薇薇是怎麼對待他的呢？儘管已過了彼此猜疑的階段，薇薇有時熱情，有時冷淡，熱情的時候會說：「我知道你深愛我的心，所以我不會辜負，相信我，好嗎？即使跟你吵架，我還是會不捨，我捨不得讓我心愛的你如此難過、傷心。」

或「我們能在網路認識，應該是早已被緣分的紅線繫住了，在那關鍵的一秒鐘裡，命運已經把你跟我連結在一起。」

還是「在我心中，你是最好的、最愛我的、也是最可愛、最讓我又氣又好笑的。你跟我就是這樣奇妙的組合，我愛你！真的愛你！」

一冷淡起來，任小江怎麼急切的渴求，她不理睬就是不理睬。

就算小江心急如焚的漏夜驅車南下，她可以完完全全人間蒸發，來個相應不理，讓小江無論如何找不到她（這裡有一個天大的問題，小江每次都只能送她到巷口，根本不知道她的家在哪裡，她不讓他知道）。

小江的心情很是七上八下。

「她愛我嗎？如果不愛，何以來吹皺我這一池春水？」

「她不愛我嗎？如果愛，這一切的忽冷忽熱、若即若離又是所為何來？」

她愛我？她不愛我？她愛我，但是……，她愛我愛得很辛苦；她不愛我，可是……，失去我她會很痛苦——這不是水晶球或花瓣占卜可以剖析的多重選擇題。

除此，小江還是她的秘密情人，他們的戀情只存在於不見天日的地層底下，從來不能搬到陽光普照的地方，就像人家說的「曬恩愛」。

愛上一個人是多麼值得喜悅的事啊！除了極盡所能的要讓對方明白自己的心意以外，常是要唯恐天下不知的。

然而如果不愛了，連說一句話都老大不情願，卻還要勉強表示親密，這戲會不會演得太牽強了？

小江有著太多不安全感和疑惑，薇薇嘴巴上說愛他，實際上卻對他有所保留，似乎總隱藏著不可告人的秘密，是的！她應該有什麼秘密，不然不會時陰時晴的折磨他。

但是，薇薇的秘密鎖在她心的櫥櫃裡，他拿不到開啟的鑰匙，便永遠無法得知事情的真相；無法得知事情的真相，小江便難以進入她的內心，在那裡占有一席之地。

小江也很是感到苦惱。

可是，只要薇薇佛心來的出現，小江又會一掃先前的陰霾，把一切疑慮拋諸江河大海，敞開胸懷、心無芥蒂的愛她，兩個人前嫌盡釋、言歸於好。

好一個扣人心弦的循環！

只是，頭幾次的「小別勝新婚」還能讓人樂在其中；但長此以往，還有幾個人能樂觀以待呢？

想那諸葛亮征南夷，七擒七獲酋長孟獲，終而使之心悅誠服，不復背叛；但愛情可不是心悅誠服就能有圓滿的結果，以欲擒故縱的態度來試探情人真的太冒險。

令人惋惜的是，當愛情必須面臨以上的千迴百轉，通常都表示它已經慢慢在腐蝕，遲早千瘡百孔。

蓋棉被，純聊天

如果我說「所有發生在小江和薇薇見過第一次面後的事，都是我躺在床上，聽窩在沙發上的小江娓娓道來的」，你會不會錯愕得張口結舌呢？

不瞞你說，我也嚇了一跳，「這款ㄟ代誌怎樣會來發生？」我也不清楚咧，反正它就是發生了。傑克，這真是太神奇了！這真是太神奇了，傑克！

話說，那天凌晨和小江互道過晚安之後，我梳洗過，打開電視，正看著「通靈良醫」的重播，想試試會不會看著、看著就睡著，這時，床頭櫃上的電話忽然響起，我接了起來，是小江，他說：「妳想睡了嗎？」

「我會認床。」我搖頭。

「那……要不要過來聊聊？」他也睡不著。

「好。」我點頭。

濃濃的咖啡加上紊亂的心事，當然無法成眠。

進到他房間，已是凌晨一點一刻，雖然都睡不著，但疲累的程度早破表了是事實，我們為了誰該睡床上的問題推讓了半天，最後做出他是男人，應當禮讓的結論。也好。反正不會發生什麼事，什麼事都不會發生。

不是說了嗎？就算我們一起躺在一張床上，我們是蓋棉被，純聊天的朋友。

他先打破沉默：「別老是談我的事，也談談妳啊！老實告訴我，妳交過幾個男朋友？」

我伸出十根手指頭，一根一根算了起來。

「還真的算咧？真有那麼多個喔？」他裝出很驚訝的樣子。

「也不算多啦！不過，手指頭好像不夠算耶！我加上腳趾頭，再算一次好了。」我故意演得很誇大。

「如果還是不夠的話，我的手和腳可以借妳。」他也配合我。

「妳真的那麼濫情嗎？」但他還是信以為真了。

「你錯了，其實……我不是隨便的人，」我停頓了一下：「但隨便起來就不是人。」

「那，妳是鬼或禽獸囉？」他一手拉過棉被，護住胸口，拼命往床邊靠，裝出很害怕的樣子。

「被你識穿了，我其實是隻大母狼。」我伸出舌頭，發出吸口水的聲音，「歐嗚……」還仰起頭連聲嚎叫。

「妳想幹嘛？不要過來！妳再過來，我要叫囉！」

「你叫啊！任憑你喊破喉嚨，也不會有人來救你的！哇哈哈哈！」我嚇唬他。

「嗚……事到如今，我再抵抗也是白費力氣，那……妳要對我溫柔一點哦！」

兩人相視而笑。

過一會兒，我正色道：「都那麼久了，你一直放不下薇薇，我好奇的是，你最在意的究竟是什麼？」

「很簡單，因為她說我是她的真愛，既然說出口，就不該輕易食言；既然是真愛，就不可以隨便遺棄。」

「你還真是貫徹始終啊！」

我打心底欽佩他，要我像他一樣全心全意的愛著一個人，還近乎無怨無悔，我做不到。雖然我不再相信愛情，因著他的緣故，卻也不至於全盤否定它，也不能斷定世上沒有對愛情深信不疑的人。

我又道：「那，我還有幾個問題……」

「妳還真有打破沙鍋問到底的精神耶！」他笑了笑：「但說無妨囉，好奇寶寶。」

「親密關係是讓你對她念念不忘的因素之一嗎？」

「不是。肉體上的接觸很溫暖、很直接，但我並不重視，我比較享受心靈上的交流，那要來得層次更高。」

「說到這個，有沒有可能，薇薇想追求的是一夜情的刺激或是征服男人的快感？」我小心翼翼的，深怕說了不得體的話。

「會嗎？可是我們之間並不只有一夜啊！而愛情怎麼可以和征服劃上等號！」他沉吟了一下：「不過妳說的也不無可能，第一次見面那天，她本來有一個晚上的空檔；但其實，她並沒有留下來，稍後就離開了。」

他繼續道，有些感慨的：「每次見面都很匆忙，感覺像在是敷衍、趕行程；更別提分隔兩地的時間了，要不是在冷戰，就是在熱吵……」

我想，愛情關係最為難之處莫過於，一個人亟盼天長地久，另一個只求曾經擁有，兩個人的認知大不同，而且存在著猶如南北兩極間的差距。

「對不起喔，我是不是說錯話了？」

「不會啦，我習慣了，習慣到麻木了。」他的語氣中透出深不見底的哀愁，讓人於心不忍。

當兩人世界的紛擾慢慢浮現，身為當事人，心中往往都是有答案的，只是他們不想承認與面對，一旦承認了，等於斷絕了最後一絲希望；儘管最終還是要面對，總下意識的希望攤牌的一刻不要太快到來。

「那麼，你一直在等待著的又是什麼？」

「我什麼都不要，給我一個斬釘截鐵的答案就好，讓我一刀斃命也無所謂。」

「你太死心眼了。」我不得不說。

現代人強調言論自由，也很保護自己的言論自由，多數時候喜歡直言不諱，以享受暢所欲言、一吐為快的舒爽。新時代凡事多元，有說話的自由，當然也有不說話的自由——專有名詞叫「行使緘默權」，白話叫「不隨風起舞」。不說話，有時候是「真的沒意見，你想怎麼樣都行」；有時候是「維持中立，看事辦事」；有時候是「話不投機半句多」；有時候是真的不知說什麼好，只得留下無言的結局——在愛情關係中，曾經儷影成雙的兩人走到這結局，的確叫人無言。

「我就是要悶不吭聲，聰明的話，你/妳就知難而退；要是以為還有轉圜的機會，還在癡癡的盼望，那是你/妳笨，和我一點關係都沒有。」有人或許秉持如此的想法。

可以不要這樣的！儘管他為妳想了千百種藉口，極盡能事的維護妳，都抵不過一個明確的說法；一句話！只要一句話便可以讓人從不安、猜疑甚或自暴自棄中走出——說清楚、講明白真有那麼難嗎？

除非妳也有著猶豫和矛盾，妳打著心地善良的旗幟，表面上看是不想傷害對方，其實包藏禍心——以為即使你們的感情已經食之無味，卻隱含棄之可惜的幽微情結，等妳心血來潮，你們之間還是大有可為。

「沒有答案就是答案」，永遠讓別人等待的人如此認為，但他們不知道，這個答案有多麼狡猾而殘忍；「長痛不如短痛」真的是知易行難啊！

「鵲，我需要的只是一個確切的答覆，只要她親口說她不愛我了，我們就此分手，我保證不會繼續癡心妄想或糾纏不清。簡單的一句話就能讓我解脫，為什麼她就是做不到？我不懂，我真的不懂！」

「或許她不忍心直接傷害你吧！」

「鵲，妳知道嗎？我是養子，在我還很小的時候，我的父母把我送給了養父母。」

「！」以小江出生的年代來說，竟然還有將孩子送養的事，而且是發生在他身上，我驚訝得無法接話。

「我一直渴望遇到一個真心愛我而我也深愛的女人，和她建立屬於自己的家。」他嘆了口氣：「當薇薇出現，並說出『我愛你』三個字的那一刻，我彷彿看到曙光，認為她就是那個我引頸期盼的女人，沒想到……」說到這裡，他忽然靜默不語，我轉頭看他，發現他的肩膀抽動著，他在哭，無聲的哭著。

我起身走過去輕輕拍了他的肩膀，卻不免熱淚盈眶。

我倒了一杯水給他。

原來小江有被父母親遺棄的童年創傷，造成他對愛極度渴求的心理，也使得他比常人來得善感。

而我，我雖然在雙親吵鬧不休以致相敬如「冰」的氛圍中成長，至少我的家庭還算健全，相較之下，我所引以為憾的不幸其實是天大的幸福。

「你想聽我的故事嗎？」我試圖移轉他的心情。

「嗯，這個夜反正長得無窮盡似的……」

「也好。但如果你可以入睡，就安心的去吧！呃……我是說，你就睡吧！」我想讓氣氛不要那麼凝重。

「妳怎麼知道呢?我常想，若是可以一睡不起，該有多好?」

「呸呸呸!烏鴉嘴!童言無忌!」

時光倒回N年前，那一年，我二十二歲……

曾經

那一年，我二十二歲，身旁有一個交往了一年的男友，許是猶尚渾沌，許是註定緣淺，雖然愛得熾烈，卻又覺得兩人之間充滿了不確定，常以為彼此只是一小段人生路上互相作陪的伴侶，未必會有朝朝暮暮的未來。並非意欲遊戲人間，只是在心中某一個角落，總隱隱感到空虛，它，不甘寂寞的等待著達達的馬蹄聲響起，或許捎來一段驚天動地、可以令人為之生、為之死，卻又讓生命更豐盈的邂逅，是一種連自己都莫名所以的不安與騷動。

暑假來臨，因緣際會的巧合一一出現，引領我步上愛情路的千迴百轉——我以極小的差距通過了教師甄試，到偏遠山區的小學待了兩個多月，正為思鄉情緒所苦之際，忽然接獲母校有一職缺，可前往接任的訊息，為我們的相遇許下一個意外的開端。

而後，命運安排我們帶同一個年級，為了教學，我們常常在一起討論與交換心得，相處久了，孩子們開始傳著「李老師和林老師在談戀愛」的耳語，但我只是純粹欣賞他的才華洋溢，未曾有過以外的遐想；何況，我還有另一個他。

某個週末午後，昔時同事郁芬來訪，言談中，得知郁芬和他是校友，能不期而遇，總有一種他鄉遇故知的親切，欣喜之餘，大家相邀至墾丁遊玩。南台灣的煦煦秋日和粼粼波光讓人心曠神怡，我沉醉在它的風姿綽約裡，也許是輕撫著臉頰的海風讓我卸下心防，他溫文儒雅的翩翩風采忽然鮮活起來，美麗的景緻加上身旁欣賞的人，教我微醺。

（唯喜悅過度滿溢，以至於連他在途中順道接了舊同事，我都不以為意，當時的我怎料知這份喜悅在最後的結局裡竟成了讓自己痛不欲生的劊子手！若能預先洞悉未來，我當是寧可將之捨棄不要的。）

回程了，車過楓港，身畔的人已然歇息，只剩兩人絮絮說著，聊童年的點滴、成長後的心事與將來的期望，我從不知道自己可以在一個不很熟稔的人面前那樣心無城府的侃侃而談，彷彿我們已經認識了一輩子。這一趟由非預期中之人、事所促成的旅程，讓我們對彼此有了不同的認識，更發現彼此契合的地方，於是我逐漸打開心扉，自此走進愛情世界的萬劫不復。

每天清晨，我在他的講桌放上沾著露水的野薑花，讓芳香的氣息陪伴他一整天（可笑的，很久以後，我知曉了那花代表著「無聊」的花語）；放學後，我們的身影走遍校園的每個角落，有時彈琴或唱歌，也許打球或散步。

校園裡有我童年時候開闢的花園、栽種的草皮、擺盪的秋千、嬉戲的操場和聽課的教室，它們是那樣親切，那樣熟悉，好像我從來未曾離開過一般。當我再度置身其中，已經由當年純真無邪的黃毛丫頭蛻變為一個對愛情充滿憧憬的成年女子，而我心儀的白馬王子就在眼前，我幾乎獨享了全世界的幸福，幸福到應該被嫉妒。

唯一遺憾的是，除了低年級教室南邊那株多年來一直看護著我的鳳凰花，沒有任何人知道我們相愛；即使在辦公室裡相對而坐，我們也很少交談，甚至瞞過我敬愛的老師，我們不願意公開難能獲得祝福的戀情，因為我們都害怕，勇往直前的熱情可能吞噬掉彼此，讓彼此再無退路。

他的「舊同事」曾經現身校園，我也坦然說出「他」的存在，我們都明白自己是彼此愛情世界中的第三者，也互相尊重對方愛人的自由，這樣的放任會不會傷害別人或自己？我猶豫，我掙扎，卻又盡量不去在乎未來會怎樣，只是貪婪的享受著過一天是一天的快樂，儘管「出軌」兩字像鞭子，總是無聲無息抽打著有著些微罪惡感的內心。

也許就是因為知道兩人之間不會有結果，所以更覺得應該把握當下，大膽放手去愛吧！愛情之所以叫人上癮，難道不也是為了那常常與痛苦並存的快樂嗎？我為自己辯解。

專一當然好，但為什麼不能同時愛上兩個人呢？他們都那麼優秀，我就是無法下決定放棄任何一個人，也不想太早把一生託付給任何一個人，這就是優柔寡斷的我，我的優柔寡斷，我明白總有一天將必須品嘗由自己種下的苦果，但，我不悔！

然後，這一天終於來臨！在還來不及共享熱情如火的初夏，在那一棵火紅的鳳凰花下，他遞給我一封絕情書，用好像來自遙遠天際的陌生話語，說他已經訂婚了，說兩人的關係必須劃下句點……我知道他說謊，事前並沒有任何徵兆，他的手指頭上也沒有戒指，但為了表現自己的瀟灑，顧全自己的尊嚴，若無其事的，我微笑著祝福他們，卻恍恍惚惚的，連自己是如何回到家的都不知道。

以顫抖的雙手端著惴慄的心情展信一讀，自認堅強的我終究還是崩潰了。信上是他娟秀的字跡和溫婉的文筆，卻決絕到足以殺死我的一字一句，他說：「或許應該悄悄的相遇，又默默的不留痕跡……總覺不該自私的陷妳於無情，然而世界上只有輕裘與共，此事絕無法並容……吾知妳心中忐忑，如欲汝下一決心，恐有如登天之難。有云『愛之欲其生，惡之欲其死』，吾豈能惡汝？是固擇前者，而敢傷汝之心，亟盼汝於陷身未深之際，即刻自拔……俗云『醉過方知酒濃，愛過才知情衷』，願汝珍重……」。

哈！很美麗的「愛之欲其生」，好甜蜜的「愛過才知情衷」，體貼而婉轉的為我承擔了所有的過錯，親切而柔和的撫慰著我碎落一地的心，但背負著如蔽屣般被離棄的難堪，我應該如何自拔，如何珍重？

就如同再怎麼賓主盡歡的筵席，一旦吃飽喝足，眾人於是必須散去一般，人與人間的緣分亦不免將隨環境、時空而由濃轉淡，當那一刻來臨，我寧願他對我據實以告，即使那樣會傷我更深。

他之所以避重就輕，是怕我不能理智的面對現實吧！如果我在他心中竟是那般幼稚而不識大體，莫說相愛，更枉我們相識一場，我心中有著理不清的拉扯。

而，是要受傷了，才知道付出已深，才知道心就在那裡淌血。彷彿魂魄被抽離，我看不清前路，理不明過往，渾渾噩噩的哭了幾天，不清楚自己是怎麼度過那彷彿世界末日已經來臨的灰暗時日。可以就此結束生命倒還好，至少可以終結那永無止境的痛楚，偏偏每一天，地球還是一樣轉動，太陽還是一樣由東方昇起，不管怎麼努力，就是止不住那刻骨銘心的痛和豐沛如泉湧的淚。

最苦的是，無人能聽我傾訴，也無從向人傾訴，我勉強壓抑著、克制著，越是如此，日益濃烈的思念和受遺棄的不甘越是糾葛著、撕扯著，不知坑坑疤疤的傷口要如何痊癒！

我不斷問自己：「一切是妳作繭自縛、不思解脫，面對預料中的結局，妳真能無悔嗎？」

三個月後，為了懲罰自己，也換個心情，我選擇分發到更偏遠的地方——一個位於海拔一千兩百公尺的高山上、騎機車要一個半小時才能到達、蜿蜒的山路上佈滿小石頭、有毒蛇出沒、雨季來臨時常有坍方、冬季的最低溫只有五度、最棒的是整棟宿舍裡常常只有我自己一個人在，不虞匱乏的是我最需要的寧靜的學校。

家人陪我去過山上幾次，都說太危險，勸我放棄，為了讓浮躁的心情沉澱，我堅持待下。

在面對青山綠水，簡樸的山居生活中，白日時光裡有孩童的朗朗讀書聲與笑聲相伴，課後就到部落裡走走，心情倒還平靜；但當黑夜之幕落下，望著偌大而空蕩蕩的校園，孤獨與寂寞還是迎面襲來，意欲將我吞沒。

承受不住的時候，我就一遍又一遍摹寫他教導我的書法，把對他的所有思念寄託於筆墨之間；或一遍又一遍聽著姜育恒滄桑而淒楚的歌聲，抒發不知如何排遣的滿腔的悔恨；往往在滿臉淚痕中睡去。

第一次下山，在路旁小瀑布邊找到一株野生的小花，我摘下幾朵，想帶到山下送給他，希望他能一起分享山林間的氣息，卻終究退卻了。我自忖：「我們還可以平平靜靜、若無其事的當朋友嗎？走了味的咖啡總是苦澀得難以入喉，那變了色的情誼呢？這樣做又能挽回什麼？」然後，看著鮮黃的花朵漸漸枯萎，我告訴自己：「它們就像妳的愛情，在時光挪移、空間轉換下，因不堪失去滋潤，瞬間即已衰頹不振，再難起死回生，就此放手吧！」

我豈不想從感情的泥淖中抽身而出，但談何容易呢？倘若曾經付出的感情真能輕易的說收回就收回，我還能狂傲的說自己真正愛過嗎？

有一天，教過的學生打電話問我知不知道他即將訂婚的事，並告訴我確切的日期，那一天是週末，我沒有回家，獨自躲在薄霧籠罩的山上，面對著升旗台旁的山壁，痛哭失聲，良久、良久……

一切既成事實，我決定為他做最後一件事，我要送給他自己親手做的結婚禮物。熬了幾夜，我一針一針的編織著一對心型抱枕，帶著大紅喜氣，分別繡上「愛」和「福」兩個字，加上一串串珍珠般的淚滴，寄給他，這件事給了我其實自己一直都在他身邊的錯覺，我心滿意足的笑了。

然而，我關不住的靈魂便開始常在夢中出竅去尋他，當遍尋不著，它慌亂了，便流連徘徊、進退失據。即使他出現，亦恆常是背影，或模糊的五官。

我悵惘至極：「我總要看清楚他的面容，才知道自己怨的是怎樣一個冷酷無情的人啊！可是，我卻懼怕恨他！我應該恨他的，因為他甚至不給我一個清晰的臉龐以供懷想！」也或許，我真正無法原諒的還是提得起卻放不下的自己吧！

常想，對他的久久無法忘情，究竟是因為愛他卻無法擁有他，還是自己始終沉緬在那段人生中最美好的青春歲月呢？

歲月悠悠，多年以後，我離開家鄉到東台灣進修。一天黃昏時刻，在學校圖書館頂樓遠眺夕陽，巧遇一位故鄉人，不知不覺聊到他，友人輕描淡寫的說：「據說當初他決定結婚的對象並不是現在的妻，是個從未曝光的秘密情人，為了讓病危的祖父走得無所牽掛，他毅然決然做出了違背自己意願的抉擇。」

「啊！那是我，那是我，就是我！」背過身，海風拂過雙眼，我的淚水不禁撲漱漱滑落，聽見一個絲毫不知兩人過往的人道出這樣的曲折，我唯有柔腸寸斷！

但我的心也在剎那間清明起來：「我的捨是值得的，他是真的願意與我廝守一生，只是我的福分太薄，無緣消受。」

後來，我經常走過那條熟悉的路去看那一株兩人都極愛的木棉，曾經，以熱情為花語的它，逢落葉期，像佈滿徑道的木版刻畫；當花朵隨著春意漸濃而甦醒時，「嗶！」一聲，只見一片橘紅與橙黃似晚霞的花海在天邊灼燒。而四月來臨，繁花落盡後，嫩綠的新芽襯著灰色枝幹，別富風韻的點綴著樸實無華的世間，望著此般景致，互有靈犀的兩人更顯得情濃意密。我們未曾錯過它的花開花謝，如今它依舊笑容可掬般矗立在原地，豈知相愛過的人們卻已各奔東西！

路的一端是我們最初約會的咖啡廳，不知怎的，它竟毀於一場無名火，業者無心修復，唯有任其荒蕪、被遺忘，即使它歷經過繁華及輝煌，兩相對照下，我們之間不也一樣無常？儘管曾經兩情繾綣，如今已成黃粱一夢！每次打那裡經過，心緒總無端翻攪——是藏著心動的印記的所在呢！除了它，沒有人見證彼此的相愛，它卻已然傾倒毀壞……

現在住的地方，在夜裡可以看見點亮了燈的斜張橋一帶，以漆黑而沉靜的佛光山影為背景，閃爍的燈火如天邊點點星子，美得讓人摒息。長橋再過去就是他的家鄉，我每每愛憑欄，極目遠眺，找尋著那盞可能是他的住屋綻放出來的燈火，卻又往往有些悵然：「燈下的他知道我在想他嗎？」

有時明月當空，潔亮無暇，便常思及「千山同一月，萬戶盡皆春；千江有水千江月，萬里無雲萬里天」，自我釋懷的想像，縱使相隔遙遠，我們卻共同擁有萬家燈火的美景，與咫尺何異呢？便漸漸覺得寬慰。

姜育恆在他的歌曲裡唱道：「如果一生我只能愛一個人，只有你，我的夢我的情我的心託付你；如果一生你必須負心一次，請選我，我的夢我的情我的心，無怨悔……」此生，我已在絢麗的愛情光芒中轟轟烈烈愛過，因為有愛，我走過黑暗，於是也看到那之後的光明，終而學會放手，我想，上過生命中最寶貴的一課，我平凡的生命已走得鏗鏘有聲！

報復

說完我的故事，黯白的天色透過窗簾的縫隙傳了進來，天亮了。

「江，當年我即使被砍得遍體鱗傷，現在還不是活得好好的？」

「我明白妳的用意。」

「而且我的傷並沒有那麼重，現在回頭看，它不過是小小的破皮，很快就會癒合了。」

「嗯。」

「即便不再相信真愛，但我始終愛過，不要輕言放棄啊！」

「我懂。」

「能夠記取愛人的甜蜜，把被負的苦痛拋諸九霄之外也是好的。」

「……」

「你和薇薇，是彼此了解得不夠深吧？」

「要了解一個人好難、好難……」

「這樣想就對了，所以不是你不好，知道嗎？」但我實在不能再ㄍㄧㄥ了，我問他：

「我們暫時不要講話，休息一下好不好？」

「好。」

在需要沉澱再沉澱的心情下，我們各自睡去──應該說閉目養神。

約一個多鐘頭後，小江開口：「妳睡得並不安穩，要不要下樓吃早餐？」

畢竟不年輕了，熬了一個夜，我沒胃口。

「我不想吃，你呢？」但小江最好吃點東西，他的身體需要加倍的照顧。

「我吃不下。」

「薇薇她……」我問。

「依照往例，只能繼續等而已。」他嘆了一口氣，繼續道：「其實，薇薇向我坦承過，她是有男友的。」

「啊？是嗎？」

「嗯。那時她在日本，總是以工作壓力大為藉口，疏於和我聯絡，雖然說不出她哪裡變了，但感覺不會騙人，我再難忍受她的閃爍其詞，她回來後，我們談過。」

「結果呢？」

「她男朋友劈腿，還把對方帶回家裡，在她熟悉的那張床上。」

「她一定很傷心吧！」

「她說連哭的力氣都沒有，但她愛他，所以選擇原諒。」

「能真的原諒就好；可是她又來找你……」

「『我無所謂，只要你別叫我離開。』她央求男友」。

「我不知說什麼才好。那你……」

「多角關係！」他搖頭又苦笑：「我終於找到薇薇若即若離的原因，但我絲毫沒有恍然大悟的愉悅感，雖然我沒辦法承受那樣的衝擊，更不想原諒，但我已無法自拔，所以我說：『我無所謂，只要妳不要離開我。』」

「江……」我要努力忍住，才不會讓淚水攻占我的雙眼。

「只要繼續讓我當你的朋友，其他的都無所謂。」我在心裡呢喃。

「愛她的我已甘於不對等的互動，只因我是自我意志的決行者。」他說：「相愛的雙方再怎麼為對方付出，也不可能等質、等量，一定有一方較愛對方，發心犧牲與奉獻，來成就一段感情的完整與長久。」

「但是，一旦這段感情因故劃下句點，最痛的永遠是付出得多的那個人。」我忖道。

「對她的心，給她的愛，我不曾改變，不曾停止過，吵著要糖吃的我，愛她！總是默默在她身旁陪著的我，愛她！知道她身體纖弱，買了健康養生書籍，在圖書館幫她劃好重點的我，愛她！她生了重病，斷了訊息，我聯絡不上，在遙遠一方窮著急，也是因為愛她！」

「掏心不難，難的是捨命掏出的心啊！」我想。

「我們的感情開始於她愛我的堅持，我感念她對我的相惜，決定與她相守。受人點滴，當思湧泉以報，我對愛情的信念是如此。」

「這些心路歷程我都領略過。」我點點頭。

「是誰說過沒有人能讓她愛得那麼深，除了我？是誰說過捨不得我傷心難過，在她心中我永遠是最好的？又是誰說過若有一天離開我，一定會肝腸寸斷？」這不僅是小江最深刻的痛，更是無聲的吶喊，字字血淚。

海誓山盟一時真，花前月下的甜言蜜語有哪句不動人？

我聽過一個冷笑話：正在熱戀中的男人為情人寫了一封情書：「即使要我跋山涉水、歷經千辛萬苦的去到妳身邊，我都願意；不論天有多黑、風有多大，我都要和妳在一起，直到世界末日。愛妳喔！PS.：如果明天沒有下雨的話，我就去接妳下班。」

真瞎！

根據科學家研究，腦內啡是一種內成性的類嗎啡生物化學合成物激素，它能與嗎啡受體結合，產生跟嗎啡、鴉片劑類似的止痛和欣快感，等同於天然的鎮痛劑，據說可以控制情緒、心情、機動性、受痛感以及其他作用。

心理學家史密斯表示：「當你在運動的時候，身體會分泌出腦內啡，那是一種類似天然嗎啡的物質，它會在體內流動，幫助你放鬆。」

而當人們用正面思考去面對事物時，腦中便分泌β內啡等物質，其分子結構與嗎啡相似，亦可稱為腦內嗎啡，它能提高身體的自然治癒力。

我想，熱戀中男女身上的腦內啡含量應該都超出正常值很多吧！足夠叫沉浸在愛情中的我們相信彼此所說的、所聽到的情話都是正常的，就算是無聊至極的童言童語，甚至是荒謬絕倫的胡言亂語，我們都深信不疑且照單全收；越是矯揉造作的情話，越是令人百聽不厭而心花怒放。

緣於天生是注重聽覺滿足的動物，女人尤其喜歡空洞的話：「我會永遠愛妳」、「妳是我唯一的愛」、「我愛妳勝過愛我自己」……不管這些話有多麼虛與委蛇、懸疑離奇，就算已經聽過N的n次方遍，只要是自心儀的對方嘴巴裡說出來的，還是會讓女人心頭小鹿一陣亂撞，甚而感動到涕泗縱橫。

應該怪男人浮而不實嗎？我倒不這麼覺得，基本上，他們愛說，是因為女人愛聽——為了在情場上攻無不克、戰無不勝，他們必須學會施展這些「求生術」以先馳得點；為了讓妳儘快停止叨唸不休的聒噪或狐疑質問的眼神，他們必須使出如此的「脫逃術」以求全身而退；而願意花這種精神和唇舌哄女人的才是壞男人，男人越是壞到骨子裡，女人越是愛到心坎底。

況且，當男人說著這些陳腔濫調時，他們的心意有可能是唯天可表的。（只是，能維持幾分鐘的熱度，一樣唯天可表。）

「原來你以前都是在說謊！」在揭穿了男人的真面目後，女人常忽忽欲狂發出這樣的河東獅吼，忘了男人不管是不是四十歲，都可能只剩一張嘴。

於此光怪陸離的世代，說得一口引人入勝的承諾已不再是男人的專利，事實上，女人的功力有過之而無不及。

是故，別在兩情不再繾綣時刻發現自己受騙上當才來悔恨交加了，「詐騙集團」之所以每次都能得逞，詐你／妳千遍也不厭倦，是因為你／妳自己願意相信不值得、不應該相信的人和他們有口無心的連篇謊話。

小江接著說：「她，先是像蠶食桑葉一樣，一小口一小口啃蝕掉我的心，而後乾脆如鯨魚般大口一開，吞下我對愛情的拳拳服膺，而後離我遠去。如果註定無緣，為什麼要相遇？

既然有緣相遇，又為什麼走上別離一途？」

這是困擾著、煎熬著情人們的矛盾，讓人心緒沸騰，難以平抑。

他又說：「我是如何一點一滴付出自己的感情，直到沒有退路，不料一切還是化為泡影，失落的情緒揮之不去，我不知道要花多少時間才能讓自己痊癒。」

我想，關於緣分，那是很多人共同的痛與迷思，「隨緣」人人會說，做得好的不是真灑，是不得不然。也可能，人我間的聚散不過是種磨練，為了看我們禁得起擁有多少，又受得了失去多少；又或者說得玄一點，是前世因果的連結，因為你曾在佛前求了五百年，只為今生的擦肩而過。

那麼，佛已應允了你的祈求，該了無憾恨了。

但小江卻自責著：「有一天，手機好不容易收到訊息，還來不及開心，打開一看，她又吃鎮定劑了，她曾說自從認識我之後，已不再需要藥物的輔助，她肯定了我存在的正面價值，為此我自豪而欣喜，如今……我難過的掉下眼淚，我已不再對她有所助益，我已退出她心中而不自知……」

「……」找不到適當的言語形容我的心境，我只能傾聽。

「鵑，我也想過自己愛得太苦，也該走出困鎖住我的心牢，尋求解脫，但是我做不到，要忘記她，好難、好難！」

「愛上一個人只是一瞬間的事，要遺忘卻得花上一輩子。」我想起不知是誰說過的這句話。

「周旋在兩個男人間的薇薇無論如何是為難的，我想過要她做出抉擇，但我不敢開口，萬一我是那個被淘汰出局的人呢？我想過無數次要退出，但她的男友不珍惜她，如果我又棄她而去，叫她情何以堪？」

在愛情的小圈圈中，無論成員有幾個，每個人都是對的人，也都是錯的人，只因情人眼中出西施，但情人眼中也容不下一粒沙子。

對於遭受男友背叛的薇薇來說，原不原諒都將留下後遺症——不願意原諒的話，難道選擇分開嗎？就此讓多年情分一筆勾消，實在心有未甘；但若選擇寬恕，難保能不重提往事；難保心上的疙瘩不會常跑出來作怪；難保男友會痛改前非；難保自己不會一次又一次被施予千刀萬剮的凌遲之刑。

於是，薇薇變得不再看重愛情，她瘋狂的寄託於工作，工作之餘則縱情於網路，在虛擬世界尋求短暫而不真實的安慰，直到發現那樣的舉止也填補不了內心的空虛，以牙還牙，男人成了她報復、洩恨的工具，小江成了她報復、洩恨的棋子，她玩弄愛情，但不付出，她覺得不付出是最安全的模式，此時，從前那個純真的、眼中永遠有著快樂光芒的女子已經走開好遠、好遠。

直到有一天，她發現似乎割捨不掉對小江的感情，可是錯誤已經鑄下。

而小江，遊戲人間不是他的作風，面對感情傷口，他能做的一樣是把心閉鎖起來，把鑰匙丟棄，拒絕對想帶他走出來的人伸出手，而後一次又一次反芻薇薇帶給他的痛：「看著有我倆過往足跡的文章，字裡行間流露的深情總是令我感動卻又悲傷，明明害怕，卻不由自主沉緬其中，放任自己跌入越來越深，讓我無法呼吸的黑洞裡！」

叫男人拜倒石榴裙下或性愛的快感都只是一時，如殺戮戰場般殘酷而血淋淋的人生不會因為妳的視而不見就瞬間消失。以自己作為報復的籌碼，受到報復的不會只有一個人，無端被波及，讓因一念之癡而將身、心、靈整個賠進去的小江情何以堪！

男人多流淚

當想起情緒極其低落的小江，總讓我忍不住鼻酸。

當人們悲痛到極點，必須釋放情緒才會淋漓暢快的時候，難免聲淚俱下。

一般說來，無論怎麼難以忍受，男人會自我壓抑，他們鮮少放聲大哭，連低頭啜泣的機率也不高；而女人恰好相反，未語淚先流是她們最厲害的秘密武器，沒有幾個男人忍受得了女人的眼淚如晶瑩剔透的珍珠般悄然於臉頰滑落，或哽咽不止，泣不成聲的場景。

難怪有人說女人是水做的，有陣子當我的淚水像故障的水龍頭一樣滴答個不停時，對這句話特別能心領神會。

而男人若只是不置可否的說：「我最怕女人哭了！我投降！」或丟出無關痛癢的「我還是喜歡妳微笑的樣子」，直率的表現比沒有表現更令人無言。

於是我想，女人的淚彈攻勢應適可而止，偶一使用雖可將邊際效用拉到最高，頻率過高的話，套句某位作家的話：「不是好對策」。

只是，男人為什麼要忍住傷痛不發洩呢？我不知道這是不是和他們從小被灌輸以「男兒有淚不輕彈」的觀念有關；但由這句話裡，其實已透露出男人是有淚水的，而日積月累下來，承裝淚液的「水庫」已經飽和，應該找適當時機「洩洪」較安全。

我不是在鼓吹無病呻吟，試想，堂堂七尺之軀，動不動就哭得淚如雨下，未免太怪異；我是說，男人要活在當下，就像生氣時會發火；高興時會大笑一樣，該流淚時就流淚，這不是娘娘腔的表現，反而是一種不遮掩、自然流露的英雄本色。

「出師未捷身先死，常使英雄淚滿襟」；「前不見古人，後不見來者，念天地之悠悠，獨愴然而淚下」；郭台銘先生為已故愛妻的熱淚縱橫；胡志強先生在夫人發生車禍後與死神拔河時，幾乎痛哭失聲的「請大家救救我的太太，拜託」，這些都是讓人銘感五內的英雄淚，在在證明「男人流血不流淚」是錯誤的謬論，一個至情至性的好男人不只是應該流血拼事業，更該學女人多流淚，適時展現細緻、率真的一面。

也因為，流淚總比流血好；擦乾淚水後，又是硬漢一條。

「只是已到傷心處」往往已經時不我與。

愛一個人

小江說：「愛上薇薇曾讓我感受到了如同擁有全世界的快樂。」然而，他也承受了讓自己幾近形銷骨立的痛苦。

對男友愛恨交加，又讓自己愛上小江的薇薇何嘗不是如此？

我不禁思忖著，愛一個人究竟值得花多少力氣呢？

世上的男女有千百種，有的優質；有的一般；有的差強人意；還有的可能壞到不行。有時我們很難理解，為什麼那種男人也有女人要啊？為什麼那種女人也有男人愛呢？這正是所謂的「人各有所尚，蘭茝蓀蕙之芳，眾人所好，而海畔有逐臭之夫」，一個蘿蔔一個坑，他就是愛她，她就是離不開他，旁人除了乾著急或搖頭嘆息之外，什麼忙也幫不上。

「愛一個人要愛他原來的樣子」，有人這樣說，可是，多數情人的作法常和這句話背道而馳，我們在改變自己的同時，也會希望改變對方——於熱戀之初，我們會嘗試掩飾缺點、顯揚長處以彼此吸引；當決定要為愛而「捨棄一片森林」，我們轉而企圖改造對方以迎合自己的需求——這些都無傷大雅，最嚴重的莫過於當發現兩人都在削足適履，索性到死都不悔改，還要繼續令雙方去妥協與調適，只為了成全一份不可能圓滿的愛，讓人不禁想問，真的值得嗎？

有些人，或許是值得我們徹頭徹尾去重新自我塑造的，然而即使經過一番努力，我們終究發現追趕不上他們倏忽變化萬千的腳步，他們並不會為我們而原地停留，我們難免自嘆：「原來一切都不值得！」

當必須用吃奶的力氣去愛對方，不顧一切的要榨乾各自的生命精華；當非得用打家劫舍的力氣愛著對方，打算將兩人的身家財產掠奪殆盡，除了浪費與蹧蹋人生，早已失去愛情以互惠為原則的本質。

當愛情已經走樣，剩下的不過是謊言、拉鋸與互毀，不過就是苟延殘喘，它已不再值得你奉獻出一絲一毫的力量，該是時候為自己設置一個停損點了，在這個點之前，你要瘋狂去愛，愛到海枯石爛、天荒地老都沒有關係；過了這個點之後，請踩下煞車——情海無邊，回頭是岸啊！

愛上兩個人

我曾經以為，人是可以同時愛著兩個人的——不是帶著玩票性質的劈腿，而是用心、真正的愛著，即使被拉扯，也被疼愛；痛苦得像罹患週一症候群，也快樂一如處於連續假期前夕；像一株植物需要陽光呵護也需要雨水滋潤的愛著；像人類需要工作和也需要休閒的愛著。

後來我想，要同時用心、真正的愛著兩個人是不太可能也不太公平的事，我知道有人可以做得很棒，左右逢源、如魚得水，可能因為我的數學不好，總是弄不懂比例的問題，當我愛A較多時，一定愛B較少，很難公正無私，而A會介意、B會抗議，或許還會乾脆一前一後的轉身離去。

然而在尋覓愛情的過程中，由於「多看看、多比較」的原則，總難免遇到「他／她們兩個都很好」的處境，（有時兩個的好是不一樣的，例如一個優秀，一個優雅；一個用心，一個貼心，不僅難以比較，更難以取捨，）無論要不要選擇，妳／你都會為難、會猶豫、會不知所措、會難以取捨。

即使你不覺得痛苦，兩個愛人也會使你痛苦，除非你足以遊刃有餘，能不讓她們發現對方的存在。

薇薇想同時擁有兩個男人，基於不想欺騙的出發點，她讓小江知道了這件事，還和他分享發生在自己與男友間的林林總總，她左右為難，也前後矛盾。

知道秘密的小江當然覺得受傷，但他也是堅強且固執的，只是靜靜的守著彷彿可以天長地久的承諾，不退縮的等待著有朝一日可能實現的美夢。

愛上兩個人，大抵有著一樣的結局，那個被捨棄的將成為記憶中的最愛（光憑這一點，小江該感到欣慰）。

也許經過歲月的洗禮，薇薇會恍然大悟，自己愛上的不是男友與小江，而是她自己。

癡情無罪

我想，有人會對小江一廂情願的癡不以為然。

我想，愛一個人，不管你愛的是她的哪一點，就算愛的是愛著對方的自己，既然愛情的本質在於使人感到愉悅，只要雙方都能蒙受其利，「人生自是有情癡，此恨不關風與月」，誰都沒有資格置喙，直到這恨無端發酵。

「癡」同「痴」字，而「痴」，有一、愚笨、不聽話；二、愛戀、沉迷於某種事物而不能自拔；三、瘋狂的含義；從字面上看，它是指一個人的認知生病了，使他因而做出違背自己意願的事的意思。

從前，我的朋友B和女友J分手了，雖然他們交往的細節我並不十分清楚，但我知道他們之間沒有複雜的糾葛；最重要的，分手是由女方所提出，也分得很平和。豈料半年之後，不知為了什麼緣故，J突然開始對B展開騷擾行動，除了三更半夜打他手機卻不出聲，甚至打電話到他上班的場所追查他的行蹤，更在網路上散佈子虛烏有的謠言予以抨擊，讓B覺得不勝其擾。

我也百思不得其解，印象中，J是位個性開朗、思想成熟的女性，怎麼會為了一次感情上的小小挫敗搖身一變而為不再理性、甜美，卻渾身是刺的陌生人呢？

後來我才知道，當初J是因為受不了B到處對女人放電的行為舉止，只得忍痛離開，而B卻認為自己的行為完全出於逢場作戲，沒必要有所交代，既然彼此的想法南轅北轍，分開也罷。

男女兩性在專情這件事上從來就很難達成共識，由於出發點不同，「專一」很容易在不知不覺中成為「善妒」的反義詞，這讓我想起中國古典小說裡的一則故事：有一官夫人以善妒著名，若發現丈夫與其他侍妾有所私情則大動干戈，鬧得雞犬不寧。皇帝知道這件事情之後很是龍顏大怒，便宣召夫人入宮，斥責她女人三從四德乃是本分，如果妒性不敢，便將以聖旨賜死。這妻子仍然堅持丈夫應該遵守成婚時的誓約，專情一世，否則雖死亦無憾。語畢，她將皇上所賜毒酒一飲而盡，宮中之人莫不瞠目結舌，連皇上也不得不佩服她的勇氣和決心。幸好那杯中並沒有鴆毒，傳說那不是酒，是醋，「吃醋」的典故據說源於此。

之所以以古來喻今，我的體認是，尤其是在這情慾氾濫的時代，專情儼然已經成為一種美德，愛一個人，想要擁有他的全部，包括他的忠貞，這是理所當然的事，然而過猶不及，當我們將自己的標準勉強加諸對方身上，而對方顯然無法配合，就要適時放手，要你好看和誓死無悔都不是愛情的最高指導原則。

癡情不是罪過，但為了不值得再付出的愛情而自傷或傷人卻是天大的錯誤，此恨果真不關風與月，因為它全繫於人們的一念之間啊！

嫉妒

說到「吃醋」，我聯想到了「嫉妒」。

為什麼人會有嫉妒心？它究竟從何而來？

在希臘羅馬神話中，賽姬與愛神邱比特的愛情雖然是唯一以喜劇收場的故事，然而在一開始，由於維納斯女神在嫉妒心的驅使下從中作梗，致使兩人間的磨難不斷；來自希臘的少年雅辛托斯是太陽神阿波羅最親近的朋友，卻使得西風澤費奴斯起了妒忌之心，有一次他們正擲著鐵餅嬉戲，西風趁機攪亂，使得雅辛托斯被鐵餅擊中前額而血流如注，終於一命歸西。

若將場景拉近，由心理學家佛洛依德提出的「伊底帕斯情結」指出，幼兒在性蕾性慾期時已開始有幻想的性慾投射對象，由於母親是其最依賴的人，所以他們會選擇母親為滿足性慾者，而視父親為情敵，個人認為，這便是嫉妒心發展的開始，而隨著各個成長階段的推進，我們還會抱怨某個手足所受的寵愛較多；覺得品學兼優的同學沒什麼了不起；認為平步青雲的同事八成有什麼旁門左道；看情場得意的朋友刺眼；甚至見鄰居買了新車都要有意無意酸人家幾句……這些又是見不得人好心態的極致發揮。

綜合以上所述，可以說嫉妒心的產生乃其來有自，說它是人性的一部份也不為過；而尤有甚者，西元六世紀後期，天主教教宗將人類惡行歸納為傲慢、妒忌等七大項；聖經哥林多前書十三章中也提到：愛是恆久忍耐又有恩慈，愛是不嫉妒……等於將之歸納為人性黑暗面的一個面向。

我想，忌妒之所以被冠上十惡不赦的罪名是因為，它會使人在一時衝動下喪失理智，進而鑄下無法挽回的大錯，特別是在情人眼中，「有我就沒有他，我和他誓不兩立」，這也是當我們翻開報紙社會版，情殺事件永遠不缺席的主要原因。

於此我想表達的是，撇開由愛生恨這樣失控而負面的情緒不說，那些斥責情人的猜忌為無理取鬧、歇斯底里的人其實並不知道他們是何等幸福——設若沒有愛，又何來的嫉妒呢？我們總不會因為毫不相干的路人對某位俊男（美女）多瞄了一眼、多說了一句話而心生不悅。或許我應該假設，在一段被爭風吃醋情緒所充斥的愛情中，要不是彼此已經愛到太安全了，就是其中早已存在很大的不安全感？

最後，讓我們來做做正面思考，在佛洛依德的精神分析中有所謂的「兼併作用」，如果將兼併當作是一種學習的過程，那麼或許我們可以努力促使自己成為一個更好的人；但如果我們只是一味被別人的特質和精神所控制，那麼兼併就是一種讓我們完全失去自己、成為別人影子的作用。延伸而言，我們不應基於盲目的妒意而貶低或仿傚對手，而應使之成為激勵我們迎頭趕上的動力。

「以大方克服嫉妒」，這是前人的建言，雖然很難，終究值得努力，就如同前述希臘神話的結局所立意的一般——「血泊中開出了香花，阿波羅悲痛欲絕，用箭頭在花瓣上刻下希臘文的『悲傷』，每年春天，風信子不忘香飄大地，只為讓人們重溫並記住那個因嫉妒心而殺害美好生命的故事」。

願少年雅辛拖斯的血液不致白流。

身體與心靈的分離術

在這個開放的時代，據說很多人能把身體和靈魂分開來，只做愛卻不相愛，不知道是不是真的。

作家張曼娟小姐的「呼喊快樂」中記述說：

麗香的前夫因為事業失敗，欠了一屁股債，麗香雖然恨死他，卻又同情他走投無路，暫時收留他。前夫曾經不懷好意跑到她房間，被她痛罵了一頓；可是後來她卻主動去色誘前夫，還「得逞」了，當前夫被她前後矛盾的行徑搞得一頭霧水時，她的理由竟然是：「付房租的時間到了！」

每次看到這一個橋段，總不禁啞然失笑。

只做愛卻不相愛，你覺得可能嗎？

還有另外一個故事：興民和小鳳分手了，卻在意外重逢後共度了激情的一夜，可是小鳳確定自己已不愛興民，無意與他破鏡重圓，爾後，興民經常去找小鳳，除了吃飯、做愛，不再提復合的事。

有一次，興民忽然哽咽著說：「我們這樣算什麼？我覺得好痛苦，我撐不下去了！」

原來，興民一點也不喜歡肉體緊密結合，內心卻疏遠別離的遊戲規則，他無法樂在其中。

小鳳以為自己可以將冷漠和熱情區隔得很好，她以為興民也會喜歡那樣各取所需的相處方式；但她顯然錯了，連她自己都懷疑，身體和心靈真的不能分開嗎？

看過這兩則愛情物語，我思索著，過去好像都是男人比較灑脫，下了床，他們可以拍拍屁股一走了之，不必去設想其他「副作用」，也不困惑自己如何可以在因性而愛之後便順理成章將愛的感覺拋諸九霄雲外；而女人卻很難純粹享受性愛，她們懸念的無非是「你愛不愛我」、「你會愛我多久」、「你會不會對我負責」之類具未來性的問題。

而到了現代，我猜想，如今的女性中有像麗香這樣的，她們已經進化到可以把做愛當成像做日常事務一樣稀鬆平常，不管是在上床前或下床後，她們很清楚自己要的是什麼，不要什麼；能夠靈肉合一當然是最高境界，但即使不愛一個男人，她們還是可以享受歡樂的性愛。

薇薇或許正和小鳳一樣，明知道「回不去了」，她們還是想擁有某個部份的對方，於是她們努力的想要將身體與靈魂分開，卻又因而感到茫然若失。

此時覺得不可置信的反而是小江：「一個女人怎麼可能心裡不愛你，卻把身體交給你？」

當角色互換，衝擊在所難免。

以生理與心理的協調度看人性，或許我們不該再指責誰是用下半身思考的動物，有一種情感關係乃藉由單純的感官而維繫，不需要摻入複雜的愛恨情仇——只要你快樂，我快樂，有什麼不可以？

完美的分手

情人間有沒有可能有完美的分手？小江和薇薇的故事讓我思考著這個問題。

無論你是想分手或被分手的那一方，沒有一種分手的方式不傷人，除非兩人之間早就失去維繫感情的理由和動力，對彼此的感覺早就比食之無味還無味，棄之一點也不可惜。

我曾經在「沒有留下隻字片語」的情況下離開男人，我的理由是當時年輕氣盛，不懂得分手的藝術（即使到現在還是一樣不懂），而且在我不告而別之前，我和對方的關係已經可以用苟延殘喘來形容，我以為對方心裡也有數，我們只是在拖延時間，雖然誰都想解脫，卻誰也不想帶頭發難，彷彿先提出「臨時動議」的人要為愛情的失敗負最大的責任。

後來，我也讓另外的男人以同樣的模式對我說了「再見」（不要再相見），我不知道這算不算扯平了。

最近，我從很多地方聽來分手的方式，才知道它們真是無奇不有，有的人把資訊寫在便利貼上（見影集「慾望城市」）；有的人就只是留下一封短信；還有人將訊息冰冷的丟在MSN……就這樣，三言兩語便宣告愛情的離去，既簡明扼要又不拖泥帶水，挺符合現代速食愛情的精神。

如果這種帥氣灑脫、有始有終的作法可以讓不再相愛的兩個人釋懷，自此乾乾脆脆的一拍兩散，有什麼不可以呢？

感情難以為繼了，這不是誰的錯，只是愛到累了，想休息一下，如此而已，誰覺得受傷誰吃虧，誰覺得痛苦誰倒楣。

算是個人偏見吧，我是這樣想的，男人理性得多，他們特別擅長以快、狠、準的手法處理分手的問題，要不就是無言的轉過身去，要不就是用簡單俐落的幾句話便將女人的自尊徹頭徹尾劈了個夠；而後者往往只有挨砍、被迫接受的份兒。沒有任何預警卻突然被判出局的女人是怎麼度過受創期的呢？她們先是難以置信，然後開始自怨自艾，她們會自責，一定是因為自己哪裡做得不好，喜歡鑽牛角尖又具悲觀性格的，要花上很長、很長的時間才能從被棄（儘管那是對方的損失）的陰影中走出來。

哎呀！別急著懲罰自己好嗎？先看一下奇摩網站做過的調查——「你最討厭的分手方式」，結果，前三名分別是：一、情人不明原因的人間蒸發；二、情人劈腿被抓後來談分手；三、情人直接帶新歡來談分手，第一名之所以會是第一名，表示很多人都有類似的經驗，你／妳並不是唯一受害的一個，真的不用太在意。

我認為人間蒸發也沒什麼不好，雖然留下的一方總有啞巴吃黃蓮的懊惱；總有滿腔的問號；總有熊熊的無名怒火，它也代表扎扎實實的句點，至少贏過歹戲拖棚的劇情——好像在說「如果這輩子糾纏得意猶未盡，讓我們下輩子再續前緣」，我的媽呀！

再說，沒有遇到第二或第三種情況，你／妳不致尷尬得無地自容，還算是幸運的，不是嗎？

一位自稱分手達人的網友，每次談分手，總是婉轉的告訴對方：「其實我喜歡的不是人。」他認為這是最不具傷害力的「官方說法」。你是否可以接受呢？

五月三十一日

五月三十一日近午，薇薇似乎還在為要不要再見小江一面而天人交戰著，除了任由她保持沉默，我們別無他法。

倒是小江，他數算著時間，或說「她現在應該在開會」，或說「如果X點前她沒打電話來，就永遠不會再打了」，他仍然未放棄最後一線希望。

等我回房間盥洗、梳理完畢，再進到小江的房間，「我們到三皇三家吃中餐好嗎？」他說。

「好啊！」只要有得吃，我從來沒意見。

「我想我們應該來個愛的擁抱。」他忽然冒出這一句。

「？」什麼意思？

「薇薇有的，妳也應該有。再說，我想感謝妳。」我不明白他的邏輯，薇薇是薇薇，我是我，我從沒想過和她相提並論。

「可是，我會不好意思耶。」

「別想太多，沒那麼深奧。」

「喔。」

於是，我脫下高高的懶人鞋，站到他跟前。

我只矮他半個頭，這樣的高度讓我們看起來像一對璧人，雖然我們不是。

然後，難道就這樣面對面站著嗎？要站到什麼時候啊？

於是，我伸長兩手，主動趨向前去擁抱他，那一刻，沒有電光火石，也沒有其他不該有的意念，倒是疼惜與鼓勵的成分來得深厚。

分開後，「算你幸運，我這輩子只這樣抱過兩個男人。」我說。由於甚少和外人有肢體上的接觸，我有些不自在。

「難不成妳剛才把我想像成一頭熊嗎？」他笑，化解了尷尬。

而後我們退房，來到十全路上的三皇三家。

「妳想吃什麼？」他詢問我的意見。

「你幫我點就好。」他畢竟是熟門熟路，而且他一定會把最好吃的介紹給我。

「那就點紅燒素烏龍麵和巧克力歐蕾好了。」這是他必點的套餐，因為薇薇常吃，她喜歡。

服務人員招呼我們在一樓後方角落附近就座，「那邊是我和薇薇的老位置。」小江望向角落，那裡坐著一對男女，正神色自若的享受著他們的午餐。

我環顧四周，來客不少，坐了有七、八成，有的人安靜；有的人輕聲交談著，用餐的氣氛還算不錯。

過了一會兒，麵送上來了，我一吃，「麵身Q，配料豐富，湯頭十足，很棒。」我對他的品味表示讚賞。

「這是一定要的啦，我誰啊？薇薇的無敵男朋友耶！」停了三秒鐘，又道：「就快是前男友了。」

「ㄘㄟˊ！別亂說！」有時輕快，有時凝重，他企圖掩飾內在的不安，反而有點欲蓋彌彰的氣息。

「鵑，吃飽飯後，我打算回家了。」這是他給薇薇的deadline，呃，其實是給他自己的，他下達指令給自己：「該清醒了！」

等待的滋味有甜有苦，不會有結果的等待則是酸、甜、苦、辣、鹹五味雜陳，是喜是悲只在一線之間的區隔，其時內心忐忑的程度不下於聆聽醫生或法官的宣判。

他能撐到此時此刻，不屈不撓的毅力叫我萬分折服，換成是我，早就落跑了。

也好，「沒有消息就是好消息」，只要能叫小江心死，薇薇想怎樣都行。

但我心中卻有隱隱約約的預感，事情不會就此落幕。

我要自己別胡亂冒出莫名其妙的第六感。

我問小江：「你確定嗎？真的要放棄了喔？」

他沒有說話。

「妳很會替老公省錢耶。」隔了一會兒，他倒是道。

「怎麼說？」

「妳不喜歡打扮，太樸素了。」

「我這叫天生麗質難自棄。你是外貌協會的成員嗎？」

「不是這麼說啦，懂得妝扮的美女看起來就是特別的賞心悅目啊！」

「我懂了！薇薇一定是個超正的美女，你才會特別對她魂牽夢縈。」我逗他。

「我對薇薇的愛不是那麼膚淺。不過，告訴妳一個秘密，我的前女友的確長得很漂亮，貌似『愛上巧克力』的『陸政君』。」

「哇！你很有眼光耶！」

「可惜到最後我還是失敗了。」他有點黯然。

「沒什麼大不了的啦，這不是誰的錯。我有個想法，聰明的女人還是要追求內在而永久的魅力，而男人若是不想自找麻煩，找的應該是像我這樣姿色普通、有人緣，但看起來順眼的中等美女。怎麼樣?要不要考慮一下啊?」

「考慮妳個頭啦!」他又氣又好笑。

「是嗎?算我好心沒好報。」我沒好氣的說。

「妳一直都是這麼有自信的嗎?」

「才不是咧，我是跟你在一起才這樣子的，其實我是個低調到不行的人，因為我信奉老二哲學。」

「妳又不正經了。」他不置可否。

「哪有啊!我難得正經一次耶!」我告訴他：「老二哲學說的是，有一種人，無論在職場上或生活中，他們不願意屈居人後，也不喜歡獨佔鰲頭，寧願在中庸而合宜的位置上如魚得水，怡然自得。」

「聽起來是有那麼一回事。」

我繼續滔滔不絕：「不當最後一名的心理是顯而易見的，只要是稍有自尊心的人，不管有沒有看過魚兒往上游的故事，都知道人要爭氣，不要自甘墮落。」

「這是一定要的啦！」

「而選擇收斂自身的光彩，不過於外放，就算受人鄙視也不在意，照樣依自己的步調過日子，讓看他不順眼的人對他莫可奈何；教欣賞他的人維持對他的崇拜，這是一門深奧的學問。」

「的確不容易。」

「總而言之，『無使名過實，守愚聖所臧。在涅貴不緇，曖曖內含光』，我就是這樣子的人，你只看到我外表的樸素，還沒有見識到我內在的華麗。」我說得洋洋自得。

「好個長篇大論！我就姑且相信妳不是『金玉其外，敗絮其中』吧！」

「你不會後悔認識我的。」我還在自吹自擂。

「是是是，妳也未免扯太遠了，一個『樸素』可以兜上一大圈。」

「哈哈！我是文字創作者嘛！不然怎麼無中生有咧？」我咧開嘴大笑。

「淑女一點啦！對了，別光顧著說話，等一下多吃點蔬菜吧，我另外點了沙拉。」

沙拉來了，我問他要不要把醬汁加進去。

「還是不要好了，我習慣吃得輕淡。」他回。

「你說你是失去健康的人，發生過什麼事嗎？」我一面問他。

「為了另一個我深愛的人——像陸政君的那個，我有過一段荒唐的歲月……是肝臟的問題，如果有出血，很可能止不住。幾年前出過一次嚴重車禍，腳斷了，在醫院裡休養了好幾個月。」

「對不起，讓你想起傷心的往事了。」我向他道歉。

「沒關係，我不在意。」他一貫的酷。

「既然你身體有狀況，禁得起這些折騰嗎？」我有些擔心，自從薇薇出現，他除了南北來來回回奔波，他的作息大亂，常常熬夜，也不按時吃飯。

尤其薇薇多在三更半夜才打電話找他，聊不了幾句就吵起來，他飽受折騰。

「她就是這樣子的呀，白天要工作；下班後就找網友哈拉；覺得心裡空虛便想起我，我是唯一一個能夠傾聽她內心話的人，但我每次勸她要正常吃飯、不要晚睡、不要過於沉迷網路，她根本一句都聽不進去。」

「忠言逆耳嘛！」

「我最生氣的是，有一次她出差，人忽然生病，好幾天一點消息都沒有，我在這邊急得像熱鍋上的螞蟻，都快瘋了，沒想到等她大病初癒，顧不得多休養，念念不忘的還是她的網友。」

「你形容的好像是網路成癮症，我也有類似的症狀。」我吐了吐舌頭。

「我顧慮的不是自己，我也不在乎她以網友為優先；要她好好照顧自己，真有那麼難嗎？」

「你的用心天可憐見。」

「為了給她一個生日的驚喜，我把對她的愛意轉化為文字，寫了好幾十篇的文章，請出版社趕工幫我編輯成一本精美的書，我打聽她回台的航班，也買好了機票，打算去國外找她，陪她一起回來，在三萬英呎的高空上把書送給她，但時間沒有配合好，我的心願終究落空了。我大概是前世欠她的，這一世要來還吧！」

「沒那麼嚴重啦！」

有個念頭自我腦海閃過，有位女網友認為她上輩子欠她老公一隻手、一條腿，所以現在要忍受他的慣性外遇來償還，挺駭人的。

「除了因果，我想不出自己為什麼對她執迷不悟的理由。」

「或許吧！但要小心萬一還過了頭，換成她欠你，來生又要彌補，如此你來我往，冤冤相報，反覆糾結纏繞，豈不是要永無寧日了？」

「我盡量適可而止。」他若有所思。

「嗯，剛剛好就好囉。」我點了點頭。

酒足飯飽，不！歐蕾足，烏龍麵飽之後，小江說想休息一下，所以我們在三皇三家門口坐了下來。

他在為自己爭取最後的機會。

我們看著來來往往的美女。

看見撐著陽傘的小姐迎面走來，他竟然唱起歌：「咱兩人，做陣舉著一枝小雨傘……」

「喂！你心情很好哦！」我笑。

這時，一陣風經過，揚起小小的灰塵，他又唱：「風吹來的沙，落在悲傷的眼裡，誰都看出我在等妳……」

「你是不急智歌王。」我又笑。

「鵲，妳減掉個幾公斤的體重，穿上熱褲，走在路上也會有男人向妳吹口哨的，我就會排第一號。」說完，他竟然又唱起歌來：「對面的女孩看過來，看過來，看過來，這裡的表演很精彩，請不要假裝不理不睬……」

「拜託！你會不會太搞笑了！」我抱著肚子邊笑邊叫。

「不會啊，雕蟲小技而已。」

「你剛那樣說，是在褒我還是貶我啊？」

「是在幫妳打氣。」

「我才不要！到時蜜蜂、蝴蝶一堆，我會不勝其擾。」

「口是心非。女為悅己者容，妳這麼聰明，不會不懂。」

「知道啦，我的粉絲一號。」

「喔，開始發號碼牌囉。」

「是啊，哈哈哈！」

「哈哈哈，妳聽過這個笑話嗎？」

「沒有耶，你說給我聽。」

小江說：

一個中年人問年輕人：「你看過金庸的小說嗎？」

年輕人說：「沒有，只看過電視劇。」

中年人得意的說：「那你知道把金庸寫的十四部小說的書名的第一個字串起來，會成為『飛雪連天射白鹿，笑書神俠倚碧鴛』嗎？」

年輕人說：「不知道，但是我有看羅琳（哈利波特作者）的小說，你知道把她的七本書名的第一個字串起來，會是什麼嗎？」年輕人道：「是『哈哈哈哈哈哈哈』……」

「哈哈哈哈哈哈哈！」我笑得花枝亂顫。

他又說：

某農場主人素以小氣又愛挑剔的個性遠近馳名。一晚，他和老婆在床上溫存，摸著老婆的胸部說：「如果妳這裡能分泌牛奶，我就不用花那麼多錢買那麼多牛和牧草了。」

老婆心裡不是滋味，但不想破壞氣氛，所以不發一語。

接著，他又摸著老婆的臀部說：「如果妳這裡能生出雞蛋，我就不用花那麼多錢買那麼多雞和飼料了。」

老婆忍無可忍，破口大罵：「很奇怪耶！你！」接著抓住他的小老弟，冷冷的道：「如果你這裡硬得起來，我就不用花那麼多錢請那麼多工人，還要付他們薪水了！」

我先翻白眼，然後忍不住狂笑。

「江，你的個性很開朗，對不對？」笑畢，我問小江。

「沒錯，我是為家人、同事和朋友製造歡樂的人。」

「可是……」我欲言又止。

「可是，愛情扭轉了我的性格，徹徹底底的。」

「別灰心，你會走出來的。」

「嗯。那，我送妳去車站吧。」

「好。謝謝。」

下午兩點多，我與小江道別，儘管他落寞、他沮喪，終究放棄了再見薇薇一次面的希望，「告別過往，迎向全新的人生吧！」我衷心祝福他。

「記得減重。」他沒忘叮嚀我。

「你很像我媽耶！」我糗他。

「那，我回桃園了。」他的嘴唇向上彎成一個美麗的弧形，說。

「小心開車，一路平安。如果精神不濟，休息一下再繼續。」

「好。忘了說，很高興能認識妳。保重。」他揮揮手。

「我也是。你也保重。加油！」我揮揮手。

看著他的車遠去，我走進火車站大廳，望著熙熙攘攘的人群，回想著十五個小時之前，我與小江在這裡初見面，共同經歷的點點滴滴；而十五個小時之後，我們別離，並將各自南北，再見之日遙遙無期，或許此生不會再相見，心中不禁湧起一陣輕愁。

車站

話說，我還回味著方才的輕愁呢，沒想到一上火車，就接到小江的電話：「還在等車嗎？」

「在車上了，班次很多，我只等了五分鐘左右。」

「鵑，你還記得我們是如何在格子裡交流起來的嗎？」

「我們是四月中旬開始交流的，但你怎麼會找到我呢？」我納悶過，小江不很沉迷於部落格，而我和他之間幾乎沒有共同的網友，很難想像我們之間會擦出火花，進而產生交集。

「那時薇薇又斷了音訊，我找不到她，無計可施之下，只好進去她的格子想找尋蛛絲馬跡，無意間發現她和一位叫『輕舟』的網友來往得密切，而妳和他像是很熟稔，所以間接找到妳。」

「原來是輕舟，他喜歡到處遊山玩水。」

「嗯。我只是想試試看，有沒有可能探聽到任何和薇薇有關的消息，我很替她著急。」

「但我和輕舟根本不熟，我有告訴你吧！」

「是啊，但我懷疑妳沒有告訴我真話，你們聯合起來騙我。」

「那，你現在總相信我了吧？」

「嗯。妳要原諒我，我那時超神經質的，可以說是風聲鶴唳、草木皆兵。」

「別這麼說。每個人對其他人的生命而言，都有特殊的意義。對我來說，你出現的時機很剛好，不早不晚。」

「我應該說這是我的榮幸嗎？」

「彼此、彼此囉！」我笑。

「承蒙抬舉。」他也笑了。

「江，你還記得那時我們是如何抬槓的嗎？」

「不太記得了，說來聽聽。」

「你說想吃蘋果，我就說我『生前』也很愛吃蘋果——生孩子以前啦！你說想喝原味黑咖啡，我貼了一張豬在咖啡杯裡泡澡的圖，要你趕快來喝。你說你姓陳，不姓胡，我說我複姓高曹，你又說你改名換姓了，叫冷敢。」

我哈哈哈，又立刻把嘴巴閉上，要不是車上的乘客大多在閉目養神或當低頭族，我鐵成為所有目光的焦點。但是憋笑好痛苦啊，我快得內傷了。

「我還問你有沒有其他的格子，因為你的文章和說話的語氣讓我覺得似曾相識；我討厭別人用障眼法矇我。」我接著道。

「似曾相識不代表真的就認識，而且愛或喜歡一個人無需躲躲藏藏，應該要有雖千萬人，吾往矣的勇氣！所以咧，我就是我，不是別人，現在妳總該相信了吧？」

「嗯。你要原諒我，我三不五時神經、神經的，會看到黑影就開槍，砰砰砰！」

「哈……」

「有一天半夜，兩點多了，你留言說睡不著，問我有沒有興趣看看你藏在平常心後面第二顆心臟的秘密。」

「妳說妳也會抓網友來當情緒的垃圾桶，如果我不嫌棄，就盡量吐吧！」

於是，我知道了所有小江第二顆心臟的秘密。

「你問我有什麼建議或看法，你說你有預感薇薇永遠消失的時刻近了，我叫你傻瓜，還說那就表示你可以解脫了。」

「當時我並不明白妳的意思。」

「你嚷嚷道真羡慕我們理性的人，可以把感情看得那麼淡，那麼灑脫。我的理性是付出淚水和青春交疊起來的呀，我自豪的回答。」

「為什麼女人也可以像男人一樣不負責任呢？說得天花亂墜，事後卻船過水無痕，能言善道又會說甜言蜜語的女人真是讓人既害怕又心寒！」小江心有所感。

「我不會說甜言蜜語呀！我都是用『寫』的。」我耍起嘴皮子。

「這樣才糟糕，用說的很快會消失在空氣中，用寫的容易刻骨銘心。」

「那可怎麼辦？我天生寫得一口好情話耶！」

「四十歲的女人，也剩一張嘴……」他取笑我。

「謝謝誇獎。」

屏東到了，我掛上電話，下車，跟著大家往出口移動，臨離開前，回頭望了一眼這建立將近一百年的車站，記憶中的幾許漣漪被連帶勾起了。

年紀越大，看多了人與人之間的生別離，漸漸變得害怕去車站。

就讀高職的歲月裡，我總必須在清晨五點起床，梳洗完畢、吃過早餐，去趕早上的第一班客運車，再到市區轉搭北上的列車，在七點半之前進到校園，由於沒有多餘的時間讓我在站內流連，行色匆匆的我既是過客，也如歸人。

很久之後，有一年半的時間，我的生活重心移轉至東台灣，但敵不過鄉愁的召喚，仍每週在兩地之間往返。車站是我心情的轉換處，我歸心似箭的回來，惆悵滿懷的離開，冷熱交替的情緒周而復始，煞是折磨，許是緣於這樣的折磨——對家人、對親情的眷戀，那份不捨啊，撕肝裂肺似的煎熬！我沒有完成該完成的事。

也因而明白，重感情如我，是離不開家鄉的人。

然而我若是因為懼怕離愁，便固執的守住這片生我、育我的土地，有朝一日我將成井底之蛙，我知道。

於是有時，為了一趟探險般的旅程，我遲疑卻又興奮莫名的離開；有時，為了追逐一場亟欲完成的夢，我猶豫著卻又萬分期待的離開，一直到習慣那種五味雜陳的幽微情緒，明白為了捕捉重逢的喜悅，離別是人生的必然，於是，無論抱持怎樣的感受出走，當我歸來，我要自己帶著無限的欣喜。

而來來去去之間，竟再也記憶不起車站的原貌，就像兜不起遺佚的青春歲月，更兜不起那些歲月消逝的方式，憑空消逝的它宛如一道謎題。

至今，於車站最鮮明的記憶是，嚴寒的北風中，那人一身沉靜而魅惑的藍色系，帶著壞壞的笑，好整以暇而挺拔的站著，看著我向他走近。

我誇他：「你今天好帥！」

他仍是一派自在從容：「何止是今天啊！」

可神氣的！

而後，我們又回到原來的地方，他沒有陪我等車，他說他不善於面對離別；他只是在夕陽中默默望向搭載著我的列車，看著列車似緩卻急的駛出他的視線，似急卻緩的朝天際遠去，一面在心中數算著下次相見的日子。

也就是在那一刻，我於是心領神會，不管能不能再見，能夠生別離總是好的，好過生死兩茫茫。

是的，我與小江，小江與我，當我們互相保證會勇敢面對未來，不讓對方牽腸掛肚、不叫彼此憂心忡忡，生別離又有何好惆悵的呢？

轉折

那天回到家後，我先讓辛苦的老鄭去休息，跟著處理一些待辦事項，小江忽然傳了簡訊：「薇薇找我，我折返了。再聊」。

！

？

我心裡有千千萬萬個驚嘆號與問號。

薇薇找小江！不會吧！她不是打定主意要消失無蹤了嗎？她是心血來潮還是福至心靈？難道她良心發現了？還是有人對她醍醐灌頂，她剎那間醒悟了？該不會是突然覺得之前對小江淩遲得還不夠，想趁機追加吧！

設若她認為兩人已經結束，沒什麼好說的了，就該堅持到底，我想，小江遲早會死了這條心；既然還想見他一面，願意見他一面，為何不能念在好歹相愛過一場，況且小江為了她，特地千里迢迢、風塵僕僕跑了一趟的份上，及時、適時釋出善意？

而，如果小江已經走了一半左右的路程，他折回的機率應是微乎其微，她就那麼會計算時間，料到小江一定剛離開不久，還沒走遠，只要她開口召見，他還是會二話不說，乖乖的回頭，哇！我不得不佩服薇薇的魅力，以及重新估量她在小江心目中的地位。

儘管小江此去前途未卜、吉凶難料，我也只能乾著急，同時暗暗祈禱他們之間有好的結果——要一刀兩斷的話，兩人平心靜氣的談；也或許，不談愛情，當朋友總可以吧；再不濟，至少可以嘗試打開心結，令一切不滿和不悅煙消雲散，雨過天晴。

「我已踏上歸程，勿念。」晚間九點多，再度收到小江的簡訊，從輕輕帶過的內容並看不出任何端倪，我想多問又覺不妥，只能要他小心駕駛，願他平安回家。

是夜，我帶著忐忑的心躺下，小江的疲累已遠超過他的負荷，我沒有辦法不為他的安全而掛念。靠著枕頭，當我們慢慢熟識，漸漸聊起自己的境遇和心事後，那些真誠、彼此關懷的對話逐字逐句在我眼前浮現。

那時，我遇到一個很大的瓶頸——由於經濟不景氣，我兼職的工作時數被大幅縮減，眼見「錢」途茫茫，我一時心緒欠佳，於是藉PO文之便在格子裡頭抒發。

小江看了，告訴我：「妳正處於人生的分岔路上，一定很需要找個人（我是指屬於精神層次，且發自內心的那類型朋友）說說話吧，雖然我們不是很熟，但總覺得該發聲挺妳一下。或許這個舉動多餘了，妳不見得需要，但請念在我是一番好意的份上，多多包涵！」

我需要！我為什麼不需要？我當然需要！事實上，我的內心有極其脆弱的一面，理性只是我的保護色罷了！

於是我回他：「你的心意如此溫暖，怎麼會多餘呢？我不客氣的收下了。」

他又說：「知道妳沒事就好。人最怕情緒與壓力沒有一個宣洩的出口，久了，就容易堆積在心底，造成沉重的負擔。」

我表達了我的想法：「沒錯，要找到宣洩情緒的方法，人才不會積悶成疾，怕的是一直待在原地鑽牛角尖，使得問題解決不了，還越來越失控。」

他道：「妳的路走得比別人辛苦——表面上雖苦，卻也是來日生活上的可貴資源。能有如此雄厚的本錢，將來無論發生什麼事，都無法難得倒妳。而我，我慢慢看淡了，天地有情盡白髮，人間無愛了滄桑！人生（包括妳的、我的）都是苦樂相隨，看得透，逆境不憂，順境惜福！一起加油！」

如此這般輸送善意的關懷，充分展現小江細膩而貼心的一面。

我說：「我很容易滿足，有你這番站在我的立場說的話，我覺得安慰，一切都值得了。」我停了一下，跟著告訴他：「這些天，我偶或想起你，偶或想起那個為了讓我離開，謊稱他已訂婚的男人，其實我沒那麼愛他，我生氣的是假如他坦然以告，我並不會對他死纏爛打。這件事讓我的自信和自尊大受打擊，難過了很久、很久。你的心情我能體會一、二，有的男人害怕承諾，相對的，女人也是，畢竟承諾代表責任和義務，並不是每個人都有『肩膀』，這樣子想就好。」

我因「大難不死」，足以對感情事冷眼旁觀，只願盡到身為朋友的本分——沒錯，我把小江當成朋友，一個細膩而貼心的朋友。

他提到薇薇：「她從日本回來，今天是第五天，一則簡訊都沒有，坦白說，我習慣了，有心無心我了然於胸，我不知道我為何還在這期間傳了八十多通簡訊給她，我是在期盼什麼？她一直在消費我的寬赦與心軟！」

「你只是還沒有全然清醒。」

他還反過來鼓舞我：「別陷入感情的世界太深，朋友一樣有他的效用在。妳只要知道妳並不悲慘，至少妳的學費沒花太多，愛情學分不好修，記住，人是變數！將兩個變數湊在一起，而去期待它不變，是天方夜譚！」

唉！世上令人無法自拔的除了牙齒，還有愛情，「明知道」是許多人的通病，知道卻做不到，乃為萬般痛苦的根源；只待心隨意走，才稱得上絕對的解脫。

而後，小江決定暫別部落格，他來向我「辭行」，他說：「很開心這段時間有妳作陪，妳真的是佛心來的。其實談戀愛是好事，只是被不懂它的人給矮化了，何況，愛沒有常軌，它通常就在電光火石間，說來就來了。」

他同時留了手機號碼，告訴我：「需要找人聊聊時可以找我，不勉強，這不是另類的搭訕方式，放心。」

正人君子，我相信他是正人君子。

接下來，由於有其他的工作機會，我於是速速跳槽，然後又忙著適應著新的環境，一星期之後，才想起該撥個電話給小江，問問他的近況，也向他報平安。

我們聊了各自的工作，接著我問他：「還好嗎？」

他的語氣聽起來不太好：「這幾天心情糟透了……我想開設一個新的格子，重新來過，不再寫感情了。」

「也好，會有幫助的，只要是對你有益的事，或你想做的事──當然是正面的，去做就對了。」

而，我生命中的另一場暴風雨在此時襲捲而來，我無法繼續打工，原因是老鄭的爸爸生病了。

一時之間，全家人都難以接受和面對這樣的事實，我聽到公公的自怨自艾：「是不是我做錯了什麼，所以上天要處罰我？」」家人則由於不捨，除了「何必當初」的質疑：「你就是……沒有好好照顧自己，才會這樣！」還不斷自責：「如果我多付出一點關心就好了。」而「都是因為你沒有盡好本分」——家人間彼此檢討而於事無補的指責更讓一切雪上加霜。

家裡需要人手，而老鄭質問我要工作還是婚姻，史無前例的強硬。

他還抱怨，強人所難的抱怨：「妳的心思都不在我身上，有好吃的東西妳總是先拿給孩子。」

「奇怪耶！你！吃這種醋，簡直莫名其土地廟！我不對孩子好，該對誰好？」我沒回他，我不想和他吵架，我只在心裡叨唸。

我想起他爸發病住院的那一晚，那一晚，他抱著枕頭和棉被向我挨近，蜷起了身子的他像個因為沒有考好試，害怕得不知如何是好的小朋友，我於是明白，即使是堂堂六尺之軀，裡頭住著的也可能是個五歲大的孩子。

有位作家說：「面對外在的激烈競爭，男人不能示弱，女人卻學會示弱以贏得感情」，原來如此，男人真命苦，礙於面子問題，不能拿著大聲公向天下昭告說「我需要關懷與溫暖」，只好用激將法或拼命說反話以求取注意。

於是，我猶豫、我掙扎，是的，我的婚姻不如表面所見的那樣順遂；我面對婚姻的態度不如表面所見的灑脫，照顧公公是為人媳婦應盡的責任與義務，我不會逃避，但我始終沒有做選擇的權利，我為此陷入長考。

這些年來，在我的周遭，婚姻狀況——不婚、未婚、已婚、離婚，儼然成了分類女人的工具。

聽多了不美滿的婚姻故事，害怕步上別人的後塵，在尚未和自己達成共識之前，有人堅信一個人一樣可以過得有聲有色，正快樂的享受著無拘無束的單身生活；有人確信真命天子出現的那一天很快將來臨，正在熱切的等待及觀望；有人在勉為其難的婚姻生活中載浮載沉，沒有自我的活在虛假的幸福世界；有人千辛萬苦擺脫了「良」人，獨立而堅強的帶著三個兒女……

婚姻真是不可思議的一道門——外面的人想衝進去，裡面的人考慮著逃出來，矛盾哪！無論置身於門裡還是門外，同樣令人遺憾。

當妳置身於外，難免對「王子和公主從此過著幸福的日子」的完美結局心懷憧憬；在妳感覺寂寞難耐、脆弱難當時，兩個人相依為命、彼此扶持的甜蜜彷彿一隻充滿熱情與善意的大手，向妳殷勤的召喚，妳無法不怦然心動。

於是妳懷抱著美麗的憧憬，與他一同騎著白馬，往彩虹般的未來馳騁而去。

能幸福當然是最好不過。

然而凡事總有變數，童話故事只負責宣揚你儂我儂時期兩情繾綣的唯美浪漫，它們從未曾告訴大家，這不過是上集的部份，至於後續種種及至最終回——蜜月期過後接踵而至的現實問題，還是得由妳自己去體會，去編寫。

現實啊現實，卻是那樣嚴酷！

一時的鬥鬥嘴、賭賭氣或意見不合都只是小case，社會新聞中多的是活生生的教材和血淋淋的教訓。

妳很難理解，在若干時日之後，何以當初那對只應天上有的神仙美眷在歲月的輾轉下，會搖身一變成了心「乾」情「怨」的非佳偶；妳也不會懂得，為何兩個明明已經水火不容、彼此憎恨的人，還要勉強忍耐的共處於一個屋簷下，把雙方折磨成從來就不相識且面目猙獰的陌生人，甚至是不共戴天的仇人，互不退讓不過是為了比賽誰比較堅忍不拔。

讀吳淡如的「真愛非常頑強」，她說：「有的女人天生是一隻鷹，註定要流浪，要從遙遠的天際往下望，俯視芸芸眾生，她們天生有遊牧的血液，必須獵食生命中的未知；有的女人像馴良的羊，終其一生的目標是踏踏實實的走在有泥土芬芳的大地上，與草地為伍，她安於她的家。」

我把這段話帶入我所看見的事實——有的女人只要夙夜匪懈的在工作上尋求快樂和成就感就好，她們喜愛天涯海角去闖蕩，拒絕被囚禁在結婚進行曲演奏完畢後的一切已知裡；她們或許醉心於戀愛的酸甜滋味，但不希望被婚姻中的苦辣牽絆住。

而一如菟絲必須依附於其他植物之上方能欣欣向榮，有的女人必須依附她的丈夫，才不致失去方向感。

大家都在各取所需，選擇最適合自己的選擇，旁人無從評定是與非。

即便是在婚姻生活中浸淫多年，我們還是在天平的兩端——安全感與自由之間打轉，它們很難並行不悖，妳可能沉醉在男人結實的臂彎裡，一面埋怨不知自由是為何物；或許沐浴在隨心所欲的自由中，卻難免徬徨躊躇，在跌撞得遍體鱗傷、鼻青臉腫之後茫然不知所以。

不管如何抉擇，總是有利也有弊，要一個早已習慣生活在丈夫羽翼下的女人下決心離開，去追逐屬於自己的自由，無異於要她飲鴆止渴，自取滅亡；要一個一心一意嚮往著自由空氣的女人死守著家庭、孩子、負不完的責任與盡不完的義務，等同於一手將她扼死。

那麼，我屬於哪一種女人呢？

「我要的婚姻，我認了！」我曾經自我砥礪，要一路篤定的朝向目標走去，並且不會在未來的某一天，忽然後悔當初做了不明智的決定；但如今，「我要的是什麼？我該就這樣認了嗎？」我問老天爺，祂也沒有答案。

而這期間，小江除了不時對我噓寒問暖，也給予關心以及支持，尤其鼓勵我好好和老鄭溝通，不要意氣用事，我感激，也欣慰，我多麼歡喜有這樣一個朋友，這樣一個陪伴我走滿佈荊棘路的朋友。

回歸童年

老鄭發脾氣後，我不斷思索著關於「幼稚」這回事。

在九把刀的「那些年，我們一起追的女孩」裡，沈佳儀也常說柯景騰幼稚。

我見過某些男人，他們總是表現得四平八穩、有責任感，只是當感到寂寞或脆弱，他們難以開口表明——怎麼可以說出來呢？那可是有損堂堂男子漢的尊嚴的，「為什麼妳就是不了解我？妳應該了解我的！」他們認為女人理所當然應該是自己肚子裡的蛔蟲，於是他們板起臉來生著悶氣，如果還是無法即時獲得撫慰，他們會藉大發雷霆來抗議自己受到的漠視，無理取鬧的態度令人畏怯而不敢領教。

這個時候，他們與伴侶間的關係就如同很久以前當還是小朋友時，他們對母親的依戀。

難道這就是某些男人之所以在裝重自持之際卻也可能詭異的出現自私、霸道、匪夷所思的行為舉止的原因之一嗎？除了EQ上的問題之外，他們的矛盾難道是因為，在他們內心深處其實還住著一個還沒有長大、來不及長大、拒絕長大的小男孩嗎？

我也見過某些女人，她們的不可理喻讓男人退避三舍；她們的固執己見叫男人頭皮發麻；她們炒冷飯（不是炒飯喔）的功力令男人搖頭嘆息；她們起伏不定的情緒要男人不禁興起「既生瑜，何生亮」的感嘆——他們想問：「為什麼上帝要創造女人？」

不諱言的說，我的不成熟也讓男人束手無策過。

有位作家曾寫道：「有些人儘管獲得了名聲、地位與尊崇，但他們仍不免覺得悵然若失，由於無法回到童年，那讓他們都有著永恆的失落。」我並不是很同意這一段話，過去的時光已無可挽回，與其沉緬其中，毋寧把握當下，放眼未來。

然而，童年的無憂無慮、不解愁滋味；童年的天真；童年時哭了就有人來撫抱的記憶，不管歲月如何輾轉，總是一項難以忘懷的印記。

這就解釋了我那偶發性的執拗，我的心中總有影像——忙於工作且不易親近的父親、必須騰出更多時間照顧妹妹們的母親，和企圖與手足爭寵卻無功而返的自己，一道道缺口形成了憂微的魅影，不確定何時會來侵擾。

我於是為自己找到一個藉口，一個足以彌補童年的不足的藉口——我欣賞帶著安定以及溫暖特質的男人，我期望由他們身上得到包容、理解、疼愛和憐惜，縱使我無法回報予對方一模一樣的感受。儘管即將邁向中年，有時我仍是那個不想長大的小女孩。

或許，每個成年人都應該有偶爾回到童年的權力，在那個當下，可以盡情撒野和哭鬧，但不要太常回去、回去得太久——無論如何，人總是要長大，長大後的世界才是最真實、可以讓你實現童年夢想的世界。

黃臉婆

是喟然的有感而發嗎？還是敏銳的危機意識？我的前老闆曾說：「女人如果太樸素，不懂得打扮，會變成黃臉婆，小三都是這樣趁虛而入的。」

是防患未然吧！由於總是各忙各的，她和丈夫少有相處的時間，為了怕他被外頭的庸脂俗粉所迷惑，她把自己打理得時尚而新潮，藉以鞏固她原配的地位。

真的需要如此草木皆兵嗎？在我看來，男人分為潔身自愛型和妄自菲薄型，如果妳的老公屬於後面這一種，一旦他出了軌，除非是他主動回頭而且願意洗心革面，我不認為做老婆的能防堵得了什麼。

為什麼都是老婆的錯呢？小孩功課不好是老婆的錯；家裡不夠窗明几淨是老婆的錯；老公工作不順利是老婆的錯；連男人對其他女人動心起念也是老婆的錯——只要凡是不想承擔的，推給老婆就對了。真好！連我都好想娶個溫良恭儉讓的老婆回家，於是可以蹺腳撚嘴鬚。

我不是在說女人不需要為家庭幸福負起部份責任，而是覺得女人不必為了展現自己的賢慧，將所有的責任往肩上攬，即使妳覺得這樣的自己很成功；即使妳的丈夫沒有不安於室，妳造就出的可能是一個凡事依賴、推諉的大孩子，而我不認為妳能一直戰戰兢兢的直到永遠。

女人真想大顯身手的話，每個男人的需求不同：A男需要的是餐桌上熱騰騰的飯菜；B男渴望著閨房裡淋漓盡致的熱情；C男一心企盼的是被了解與被關注；D男……能夠提供這些服務的妻子，遠比時髦美豔卻冰冷疏離更能擄獲丈夫的心。

有個不變的道理，美麗的人、事、物總有先天的優勢，身為女人，將自己妝扮得賞心悅目，足以吸引男人的目光，那是我們無上的榮耀；然而，除了為悅己者容，也讓我們為悅己而容，這才是讓一個女人由內而外散發出耀眼光芒的好方法啊！

三千寵愛在一身

這是發生在鄰居身上的事：

老先生生病了，無法行動自如，一切都要依靠老太太招呼，老先生脾氣不好，不時對老太太頤指氣使，要她不離不棄、無怨無尤，稍不順心就三字經「侍候」。老太太的健康情形並不好，哪受得了這樣的折騰？不免感慨：「今天他會如此恣意妄為，都是讓我給寵出來的，從年輕的時候就對我暴力相向，打壞了我的一邊耳朵不說，家裡的經濟大權由他獨攬，我去做苦工，賺的錢全歸他……我常想要走，又怕孩子會被他打死……」

雖然無法考證如果老太太在年輕時便決然離去，結果會有何不同，從老先生在孩子或外人面前始終維持客氣而紳士的態度看來，他刻意黏膩著老伴，不讓她有喘息空間的心態可見一斑。

追根究柢而言，男人的依賴心是女人——包括老媽、情人和老婆寵出來的，作家吳淡如說：「天下的好女人都是一樣的，她們常一手塑造了男性的生活低能症」，（傳統的）女人一、總以油麻菜籽命自居，認為自己註定要隨風飄落，飄落何處就紮根何處；二、她們因為被需要而感到幸福，為了證明自己的能力，不惜含辛茹苦，打算堅此百忍，死而後已，這樣的女人的確偉大，卻也讓人忘了她們也是凡人，不是神；而如果她們的豐功偉業在於培養出在生活上極度低能的男人，到最後終究得自食惡果，還連累另一個叫做「媳婦」的女人。

我自網路上記下了一則冷笑話：

上門募款的人說：「只要是家裡沒有用的東西，都可以捐出來。」

女兒問媽媽：「媽媽，我們可以把爸爸捐了嗎？因為爸爸不煮飯、不洗衣服、也不陪我玩，他是沒有用的東西！」

還沒有社會化的小孩最純真，說出口的話雖然讓人冷汗直流，卻句句屬實。

我們說男人結婚是「成家」，有了家，男人們宛如吃了一劑定心丸，以為可以自此高枕無憂，甚少去想到家庭是需要經營的——家事得要有人做；老婆需要關心；孩子不會自己長大，父母的照顧與陪伴是最初始、最無偽的愛與溫暖。

某位男性長輩曾說：「上輩子做得不好，這世人才要歷經懷孕與生產的痛苦。」不是的！懷胎十月不是一種詛咒，它是珍貴的禮物，尤其在撕肝裂肺般的生產過程之後，女人得以脫離女孩期的稚氣，並更加堅韌、更能帶著神聖的使命感以迎向全新的人生。

某些男人對於孩子的來臨與存在無感，原因在於他們沒有體驗過身懷六甲與分娩的歷程，無法切身體認新生命帶來的驚喜與感動。

我的一位老師告訴過我們：「女人即使不幸離了婚，應該為孩子尋求男性典範以陪伴他們成長，這有助於健全他們對兩性差異的認知。」可見對孩子來說，父執形象多麼必要而重要。

只要有心，男人的父愛可經由後天的學習而來，終而與母愛相輔相成，圓滿孩子對親情的需求。

別再讓女人發出假性單親媽媽的感慨；別再讓孩子把你當成可以慷慨解囊的物資，把拔們，請加油！

也希望女人們不要再以無微不至包辦老公和孩子生活起居的一切所需為榮，適可而止吧！在寵溺他們的同時，別忘了妳也有自己的路要走，妳也需要善待自己，好好享受美麗人生！

女子無才便是德？

於是，我開始不去上班，一整個白天，我埋首於照顧公公的生活起居和家事之中；晚上八、九點時分，我到市區散步或購物，一邊和小江通電話，小部份的時間聊彼此，多數的時間他說他和薇薇，有時他拿我和薇薇互相對比。

「我背痛。」我告訴他，壓力有些讓我喘不過氣。

「有看醫生嗎？有按時吃藥嗎？有多休息嗎？從我眼中觀照，妳就像是當初的薇薇，身體老是有狀況，卻又無處排解那欲共語於知心的孤寂，只好咬牙硬撐，在網路上尋求某種慰藉，來得到些許的片刻平衡，值得嗎？好生休息吧！或許養精蓄銳過後，一切就好多了。」

我明白他的好意，但我會任性的說：「有時不知道怎麼過生活，又為什麼活著，病痛可以使人意識到自己的存在，這在心理學上是有依據的；而縱情於文字之中足以讓人暫時忘卻苦惱，只因這是唯一可以由自己掌控的世界。」

他則心有戚戚焉：「被愛也可以讓人意識到自己的存在，而且是快樂的意識到，但這有兩個前提，一是有個肯為妳如斯般念念不忘的對象；另外則是妳自己也因為真心愛他而自然而然的沉浸其中。文字確實是妳能掌控在手的世界，但這也有前提，除非妳和從前的我一樣，只發表文章和自己對話，而不與他人互動，這字裡行間的世界才是由妳完全掌控。」

我斟酌了一下說：「言之有理。」

他又道：「一旦與他人有互動，就有交流；有交流，就有期待；有期待，就必須等待；有等待，就會有落空的無奈，因為妳在乎的對方不見得會無時無刻都在，不見得會馬上回應，這樣的文字世界就不見得是由妳控制了。」

我回應他：「我對部落格裡的任何一個人都沒有特別的期待，我需要的只是一個情緒的出口，這點你可以認同嗎？我不會為了格子而自苦，你看，因為有格子，我才能認識你，對著你發牢騷，這樣子的它是不是也有可愛的一面？」

我的說法引發了他的好奇：「所以，妳需要的只是一個精神上的慰藉嗎？那……除了格子，難道沒有其他可以寄託的物事嗎？說實話，女人的心我真的不懂。有時候，我覺得妳跟薇薇的表達方式都讓人摸不著頭緒，妳甚至比她還難懂。還有，妳們都讓我覺得網路與現實之間的界限很游移，有時網友重要，有時現實的朋友重要，我的位置隨著變化莫測的標準移來移去，到最後就成為過去。」

我劈哩啪啦：「你說我沒guts，你說得對，我特怕受傷害，這是有損尊嚴的事；而我也是血肉之軀，會痛苦，我不想為情所苦；最大的原因在於我不想勉強別人，基於以上幾點，冷漠讓我顯得堅不可摧。薇薇和我的共同點，我猜，女人希望被關心，但很怕被看透，我們不希望自己的脆弱輕易讓人看穿，我們好強，只想把自己的黑暗面隱藏起來。不是有句話說，我允許你走進我的世界，但不准你在我的世界裡走來走去嗎？」

「妳們都是不服輸的個性，是嗎？」小江問。

「對我來說，我會看情況而定；至於薇薇，我就不清楚了。回到剛才的問題，虛擬朋友和現實朋友何者重要？這要看你拿出的是哪一顆心臟，我傾向讓時間說明一切。我問過你想和我維持怎樣的關係，你說你不知道，其實我也不清楚，因為這是兩個人的事，不能一廂情願，不如不要設限，反正以後會水落石出。你覺得自己的位置飄忽不定，這你不用迷惑，從來都是別人離棄我得多，我很少離棄別人。放心！我盡量喬VIP的位置給你坐，OK？」

「唉！還是很複雜……算了！」他接著說：「明、後天本來有假，但同事需要支援，這或許是天意，我不能去找薇薇，也不能去找妳喝咖啡，聊是非，一切只因過去的已成過去，而未來的還在未來。」

我告訴他：「下雨了，我也不放心你開車南下，乖乖的上班，有緣總會見面的。我不知你的未來會是如何，把眼光放在現在吧，我喜歡我們的ING。」

我們進行著類似的對話，探索著各人第二顆心臟的秘密，但我無法得知其成效，就像無法預知我和小江緣起於薇薇，而我和小江的友誼又將因為薇薇導致什麼樣的演變；也無法預料到由於薇薇即將前往東南亞出差，小江終究還是特地南下，不但見到了薇薇，也和我面對面天南地北的聊了很多。

人生的確無常，這使我思及我似乎永遠和喜愛的工作無緣，暫時失去工作，我的心情談不上沮喪，但多了胡思亂想的時間，我胡亂想著：

話說，從前「女子無才便是德」是指沒有才華的女人乃是真正具備婦德的，現在它有了新解——女人縱使才華洋溢，卻不以之沾沾自喜、目空一切，謂之術德兼備，足以使人讚譽有加。

唉！女人要這樣，女人不能那樣，我不知道普羅大眾還有多少可以加諸女人的東西，倒是深刻體會到，所謂才華者，有其功能上的不同——會賺錢養家的叫能幹；閒在家裡什麼都不會的叫黃臉婆（這不是我說的）；能幹之於女人，還因身分不同而代表不同的意義——女兒叫為家庭犧牲奉獻；媳婦大多自私、自我（這也不是我說的）；而口才可以烘托才華，善於逢迎拍馬的，才華永遠高人一等；要是妳堅持做個曖曖內含光的女人，嘖嘖，先有做「阿信」的心理準備吧！

不過，內斂總是好的，要知道有的男人是這樣的性子，當他們開始覺得女人的想法太深遠，已經無法讓他們一手掌握（當然不是指罩杯），他們會惶恐、會害怕，於是要想盡辦法，企圖將妳帶回原來的位置，to be or not to be?一切的一切都考驗著女人的智慧。

前不久老同學N和我聊了她的心事，認識十年，結婚二十年，老夫老妻的感情已經差不多成了一灘死水，兩人間一成不變的對話和感情交流，更使得她常覺得喘不過氣；最讓她心如槁木的，老公根本不覺得兩個人之間有任何問題，依舊氣定神閒的過著日子。

N的老公是個很上進的男人，這些年來，他不斷參加公司的考試，由基層員工一路升職，在追求自我成長方面算是不遺餘力；但是，人生並不只有調薪和升官這些事，從前孩子還小，夫妻因為忙著張羅生計而疏於培養感情，那倒無可厚非；如今孩子離巢獨立了，剩下兩公婆相依為命，生活上的情趣越是顯得不可或缺，如果其中一個人依舊悶著頭走著自己的路，那要另一個人怎麼辦呢？

「我邀他去參觀教堂，他說我又不是教徒，去那裡做什麼？我問他要不要去東部走一走，他說他要上班，兩天一夜太趕了！反正總有理由。」N的語氣中充滿無奈：「『老婆，我上班了！』、『老婆，吃過飯了嗎？』千篇一律的對話讓我們成了朋友，不再是親密愛人！」

我只好安慰她可能是老公平常都在四處奔波，有假時自然想靜靜的待在家裡就好。

女人天生浪漫，但我們要的並不多，用不一樣而簡單的方式表達關心或愛意，不要讓我們每天陷在柴米油鹽醬醋茶的圈圈裡——這沒有想像中那麼困難。

真的什麼都改變不了，女人應該有「一個人」的心理打算，自己去逛街、自己去漫遊、自己去做想做的事——不離開妳的蝸居，怎知道外面的陽光有多美好呢？

我就曾有一個人進電影院的經驗，這一點也不奇怪，沒有男人的愛相隨，女人一樣可以去做想做的事，反而更可以享受一個人的悠哉與自由。

我也不是一開始就是這麼獨立的，想當初，看著朋友夫妻如膠似漆的出雙入對，我簡直是嫉妒到要發狂，「為什麼我沒有？」差一點沒頭綁白布條抗議，畢竟，有護花使者如影隨形；有「柴可夫司機」專車接送，彷彿女王般享受著榮寵，也像總是品味著戀愛中的甜蜜，很是叫人沾沾自喜呢！

只不過，置身忙、茫、盲的生活中，有時兩人不易兜在一塊，倒不如分道揚鑣，各自去感受精神上的愉悅。

是的，「灰姑娘」們——為了工作和家庭，每天把自己搞得灰頭土臉的姑娘們，不為旁人稱羨的目光；也不為王子的青睞，為的是對自己的一份疼惜與憐愛，讓我們適時為自己穿上「玻璃舞鞋」吧——買一件美美的衣服；喝一杯香醇的咖啡；讀一本吸引妳的書；度一個小小的假期……只要能讓疲憊的身心獲得抒解、讓妳暫時忘卻現實的嚴苛、讓人生減少失衡感、讓妳發自內心浮現一抹微笑，趁著魔法還未消失，just do it！

言而總之，出生在這個新舊交替、很多價值觀都在蛻變的世代，我要比上一代獨立自主，但不能比她們更實現自我；我要比下一代賢良淑德，但不能比她們還我行我素——或許，有無才能並不是那麼重要，女人尤其難為，帶著這並非由我自己決定的性別，別無選擇，我只能繼續處變不驚的莊敬自強下去了。

儀式

幾天沒有小江的消息，不知為什麼，我心裡總有一股無法言喻的失落感，我一方面想，我或許涉入他和薇薇之間太深，該找個適當的時機退出，而此時此刻就是適當時機；一方面想，好個小江，和薇薇和好了，小倆口恢復原來的甜蜜，見色就忘友，把我忘得一乾二淨，但我會用力搖搖頭，企圖擺脫這個拙劣的想法。

等小江再度現聲，為我揭曉謎底，我算猜對，也猜錯了，對的部份是他們決定昇華為心靈之交，錯的部份是薇薇並沒有對他百分之百坦白，事實上他們不算真正和好——請允許我慢慢解釋。

小江和薇薇先是在電話中鬧得不愉快，薇薇栽小江的贓，指責他在格子裡和女網友眉來眼去、過從甚密，讓她以為小江移情別戀，在既傷心又氣惱的情形下，她只想安靜的離開。

小江難以信服，認為一切都是薇薇的推託之詞，他對薇薇一往情深，從未變過，變心的是薇薇，只是她不敢、不願意承認，兩人第N度大吵。

直到薇薇說：「那你回來，我們談談。」

小江再怎麼怒氣沖沖，還是希望能有為自己澄清的機會，他覺得面對面談有助氣氛的緩和，於是他二話不說，馬上掉頭回高雄。

適逢交通顛峰時段，他比預估中多花了一倍的時間才到達目的地。

「我只有十五分鐘的時間。」但薇薇劈頭就說。

闊別三個多月，小江終於得見日夜思念的愛人一面，久別重逢，小江難掩雀躍，卻沒想到他的欣喜在一瞬間化為泡影。

「十五分鐘！那還叫你回頭做什麼？不是擺明了她是在敷衍、應付、甚至作弄你嗎？」我叫。

小江卻沒有動氣，他耐心的跟她商量，他說他有很多話要說，最後，薇薇答應給他一個小時，但她要先離開一下子，有些事情要辦。

一百多天都等了，小江不在乎那麼多了，只要薇薇開心，他願意放棄全世界。

然後，薇薇回來，兩個人在車內坐定。

小江問：「你對我還有感情嗎？」

薇薇並不正面回答，只說：「我覺得我們之間應該昇華，我們就當心靈上的朋友吧！」

聽到這裡，我狐疑的問：「心靈上的朋友……你對這種關係怎麼認定？」

西洋影片中，有句話常被提及：「父親（母親、丈夫、妻子）是我的好朋友。」這句話很自然，沒有突兀之處，卻讓我有其他想法，我們尊敬和照顧長輩、愛戀和親近伴侶，卻很少將他們當成「真正」的朋友——每樣角色有其明確而清晰的定位，如果將各自的關係混為一談，似乎有些五倫不分。

再細思之，父母和另一半是同我們相處最久、最了解我們、最給予寬容的人，如果彼此之間可以無所不談、互相支持與信賴，這和朋友所扮演的功能並無二致，所以將他們當成麻吉也無可厚非。

說到麻吉，我想起"soul mate"一詞，它是知己、至交、靈魂伴侶的意思，它是可以突破傳統的箝制的，沒有年齡、性別、種族等限制，也沒有思想上的隔閡，只要在心靈上有所契合，就是soul mate。

我對某些朋友報喜不報憂，在他們面前大多表現陽光的一面，和這樣的朋友相處起來很快樂，但不夠真誠；有的朋友則是專門讓我報憂用，我不怕在他們面前暴露自己的黑暗面，此般友誼雖然真誠，可惜容易流於悲情——我覺得會讓人想要自我掩飾，或把自己撕裂成許多部份以彼此迎合的朋友，稱不上是靈魂伴侶。

在我的認知中，我的soul mate應該是一個和我歡喜與共、憂戚與共的人，在相處中，我不僅是獨立而完整的個體，也將他的特質整合到我身上，兩者可以各自美麗，也可融為一體。

我還在尋覓這樣的人，但即使一輩子遇不上，心中也不會有所憾然，因為我知道要進入一個人的靈魂不是容易的事——而那個人可能就是我自己，只是我還沒發覺。

那麼，小江和薇薇將如何界定「心靈上的朋友」呢？他們的想法會不謀而合還是南轅北轍？若彼此的想法投契，薇薇的態度會由強硬趨向溫和，與小江化干戈為玉帛嗎？若兩人的認知天差地別，他們的關係除了難以重修舊好，還將每況愈下，那小江將無異於被判無期徒刑，難以重見天日。

「分手之後，還是可以當朋友呀！」根據我的觀察，我認為還是不要這樣勉強前戀人們得好——這不是該「以德報怨」的時刻。

他們不會是仇人，但也應該是不再彼此通訊、互相關懷，類似舊識關係的朋友。

這並非薄情寡義、翻臉如翻書的表現，而是為自己與對方設想的作法。

雖然曾經相愛，但現在不愛了，不愛了，是深思熟慮後所做的決定。愛情消逝了，人生路卻還長，唯有與過去徹底絕緣，才能落落大方的去迎接下一次幸福的來臨。

最好不要玩曖昧的遊戲，介於喜歡和愛情之間的渾沌不明感是很美，但它也很矛盾——如果那種感覺還在，當初便不會痛苦做下分開的決定。

你很難去拿捏對待情人和朋友的分寸。

你還是可以偶爾想念那個人的一顰一笑，常常在腦海中溫習共有的回憶，但不要再有主動聯絡或期待對方聯絡的念頭，一旦那成為事實，你很可能要再次陷入，陷入得越深，越是難以全身而退。

也或許，因為覺得裂痕可以修補，於是你回了頭，如果破鏡能重圓，恭喜你；萬一你發現兩人間的相處失去了原味，不但銜接不上了，還讓人大失所望，你會騎虎難下。

所以我是這樣想的，離別很痛，很苦，當你需要安慰，想別的法子吧——它不是再見的開始。

但小江再也管不了那麼許多，他說：「沒有了愛情或許悲愴，若是能保有純粹的友誼，我心滿意足。」

但他又說：「我們做了最後一次，我把那一刻深深的烙印在腦海深處。」

「啊？哪泥？這……這又是怎麼一回事？發生你們間的事情真的好劇化喔！」

「不是我發起的啦！是……是她啦！我都難過得要死了，哪還有那個慾望？不過，我主導了之後的過程，我要讓最後一次特別難忘。」

「喔。」

是儀式，我認為那是一種儀式。

出生證明是向大家宣告新生命來人世間報到的儀式；收到（應該收不到）死亡證明表示我將永遠和大家說bye bye；開學典禮的目的在於要學生收拾鬆散的心，好的開始是成功的一半；之所以在畢業典禮上哭得淅瀝嘩啦，是不願意懷著對未來的忐忑和已知的過去切割。

人們藉著各式各樣的「驅動程式」開啟並連結和其他人的緣分，有的人一見如故；有的人不打不相識；有的人失去了又再度獲得；有的人將同情或崇拜轉化為愛情；有的人只想陪對方走一小段寂寞的人生路……而當緣盡，要透過怎樣的儀式才能說服自己放下和move on呢？

我不曉得其他人是怎麼做的，而小江和薇薇傾向透過軀體的溫度和激情去回味幾個月來的愛恨情仇、感受最後一次的繾綣，並藉以和過去劃清界線，重新來過，他們認為這是不錯的方法。

我在想，當小江回憶起兩人間的始末，對薇薇的記憶將停留在哪一個畫面呢？她的且甜美又任性？她的既溫柔卻執拗？抑或是她赤裸著躺在他身下時，別過頭去流淚的清逸臉龐？

「北回的路上，她只打了兩次電話詢問我的狀況。」小江失望的說。

「不然你認為她應該怎麼做呢？」我問。

「既然是心靈上的朋友，就該多花一點時間陪我，何況我們才剛剛那個過。」他抱怨。

果然話才出口，歧見就出現了，還是不小的落差。

也許我該收回剛才想像的畫面，它過於唯美、不切實際。

小江睏倦已極，疲勞駕駛著實太危險，他走走停停，終於在半夜兩點回到家。

「她以為你是鐵打的身子喔？要你跑來跑去的！」我為小江抱不平。

「為愛走天涯，我不怕，我心甘情願，我是一個勇敢的愛奴。」他說。

「愛什麼愛啊？人家都說是朋友了，你還一廂情願的咧！」

「我會讓我的愛昇華的，但我需要一些時間。」

「沒人逼你，這事得靠你自己。」

而薇薇只在臨上機前打了一通電話，而後對於小江的問候要嘛不理不睬；要嘛視心情而定，又回復從前的淡定和疏離，用她認為對待心靈上的朋友的方式對待小江，有時小江也懊惱，乾脆不找她，她卻又會主動來尋，小江偶爾不理會，偶爾和她吵，兩個人落入重複的循環中，周而復始，因循泄沓，真個是不是冤家不聚首，此題無解。

沒在怕的

日子在一面忙碌，一面螞蟻搬餅乾似的爬著格子，一面放空中過去，終於來到了這天——小江的生日。祝賀一下又不會少一塊肉，所以，我發飛鴿傳書給他：「生日快樂。」

自小江看了我的文章，自行對號入座，以為我在暗地裡取笑他，而怒不可遏，再不願與我有所牽扯之後，牆上的日曆已少掉28張。

老是比酷也不是辦法，總得有人打破僵局，所以我又說：「我不會保留壞情緒；我只是怕惹你不高興，所以不敢靠你太近。我在寫我們的故事，如果你願意看，等完成再說。」

出乎我的意料，他馬上就回覆了：「別寫了，我不值得妳如此，妳會後悔的。」

還好他沒有換電話。

「後悔……怎說？」我問。

「我不值得。」他說了重複的話。

「我的認定並非如此，我不是為某一個特定的人而寫，也不為特定的目的而寫；倒是……出於某些地方記錄了你說的話，不知你覺得……」我想找回從前熟悉的感覺。

他沒回訊。

我必須和秀芸聊一下。

登入MSN，我問她：「獅子男會記恨嗎？」

她的老闆、前男友、現任男友以及她自己都是獅子座的，她和他們、她自己相處的經驗豐富，當我的腦袋瓜混亂到像無頭蒼蠅的時候，會找她幫忙抽絲剝繭。

「會吧！所以分手後不可能當朋友的。」

「我又沒和他交往，所以談不上分手啦。」我又補了一句：「我們見面的時候都很開心，我不認為他是那麼絕情的人。」

「說得也是。」

「那如果我認錯呢？」雖然我不覺得自己有錯，但認錯又不會少一塊肉。

「妳是說撒嬌喔？」

「是啊！但是我不懂怎麼撒嬌啦！」真是考倒我了。

「撒嬌有沒有用要由他決定，要他在意才有效；不然的話，他會說妳任性，這點我前男友就發揮得淋漓盡致。」她果然已經融會貫通。

「那還真是為難啊！虧妳受得了！我現在投降不知道來不來得及？」我是開玩笑的，我不可能這樣就動搖，咚咚咚咚打起退堂鼓，取消完成書的念頭。

「不過，假如他愛妳的話，那就另當別論。」換她開我玩笑。

「那就更困難啦！他不恨我就好了，還愛我咧！」

「不會啦，要有信心，加油！」

「好，加油！九五加滿不必統編。」

哇哈哈哈。

三十分鐘後，我剛在電腦前坐定，手機傳來新訊息的通知，小江說：「隨妳，我沒意見，只要妳開心就好。妳寄的書我收到了，謝謝。我對妳若有任何不妥的地方，請多包涵！我無能為力償還妳。保重！」

他肯出聲，我至少是慶幸的；就算他要罵我，我有照單全收的準備，所以我告訴他：「既然責任編輯（語出「半熟戀人」）都說沒問題，我一顆懸著的心也可以放下了。所謂的『開心』，應該不是指我在尋你開心的意思喔？我沒忘記我們相處時是多麼快樂，我感謝你都來不及，怎會做出忘恩負義的事呢？你沒虧欠我什麼，所以不需要還。」

我寄給他的書是蕭麗紅女士的「白水湖春夢」和藤井樹的「暮水街的三月十一號」，上次他給了我兩張中獎的發票，我去郵局兌換了四百元，所以他壓根兒不必謝我。

然後，我的手機回歸原來的安靜了，直到風打電話來哇哇叫：「喔……」

「你那什麼聲音啊？很引人遐思耶！」我虧他。

「喔……實在痛得受不了了，昨天早上去掛急診。」

「因為落枕喔？」一個禮拜前的事，他有告訴我。

「對啊！從脖子痛到後腦勺，晚上都沒辦法睡覺，越不能睡就越痛。」

「再頑皮啊！早就叫你去看醫生的。」

誰叫他不但鐵齒銅牙，還權充蒙古大夫，連著幾天忍痛去慢跑，想說或許可以舒緩，才會搞到這麼嚴重。

「跟妳說喔，護士小姐幫我打完針，問我痛不痛，妳猜我怎麼回她？」

「你說……你要吃棒棒糖？」

「錯！我說我不是處男了，不會痛！」

「瞎！下次請她把你打痛一點。」

我說他羞羞臉。

他說護士小姐被他逗笑了，他是在燃燒自己，照亮別人。

「人家說藥效（要笑）四小時，你有一直笑嗎？」我問。

「有啊，我淫蕩的笑了好久，啊！說錯了，是盈盈的笑啦！」

「那就好，休息兩天，先別去慢跑了，不然剝光你的衣服，把你綁起來，不讓你出門。嘿、嘿、嘿、嘿！」

「知啦！喔……我要換個姿勢，喔……」

喜樂的心是良藥，你死不了。

「你要快點好起來啊，不是想去墾丁玩嗎？」那天他問我枋寮到墾丁要多久，他想搭火車下來。

「不一定有時間啊！」

「你不是常說時間像乳溝一樣，擠一擠就有？」

「就怕一個不小心，連副乳都擠了出來。」

噗哧。

基本上，這算是愉快的上半天。

稍晚，小江的話一直在我腦中盤旋。

他說無法償還我，也就是說他覺得他有虧欠我的地方；但其實，我從來不如此認為。

在他看來，我們非親非故，又才認識不久，我之所以陪伴他、對他好，是因為我別有所圖——我可能愛上了他，於是力求表現，好讓他也愛上我；等他愛上我，我就甩了他。

好個始亂終棄。

我的媽媽咪呀！

我對他，就算曾經產生一點孺慕之情好了，但身分是個大問題，我們之間不管誰愛上誰，只有悲劇收場一途；再說，趁虛而入的行為實不可取；再說，又不是我要他愛上我，他就一定會愛上我；再說，曾經滄海難為水；再說，「獅子」是王（這當然是秀芸傳授的心得），「處女」卻不輕易稱臣；再說，我一點都不想淌渾水，人不需要活得太複雜。

為何不回歸單純呢？

對某人好，但無所求，只願他平安、快樂。

就像風對我一樣，他從不願接受我的饋贈（不過是花不了大錢的手工牛軋糖、黑珍珠蓮霧、玉荷包荔枝），功利一點說，他沒想過在我身上撈到任何好處，連表示友好的心意他也不接受。

他只要我平安、快樂。

我的所有朋友也一樣。

我覺得應該把這份情傳下去。

當然，我更希望小江能因為我的鼓勵而振奮，重拾對自己、對人性的信心，但期待終究是期待，成效如何畢竟不是我能夠打包票的，別忘了我可是醫術不甚高明的「赤腳仙」一枚啊！

不過，即使到最後擺明了我徒勞無功，我不後悔，我拍拍胸脯：「沒關係，眼淚再製造就有，反正我水分多，沒在怕的！」

新天地

小江回到桃園後約一個星期，雖然還是和薇薇處得不愉快，但如他所言，他努力調整著自己的心態，叫愛情給折騰到此般地步，他元氣大傷，已沒剩幾分爭取什麼的力氣，他的心情還算平穩，和我的對話也不多，我以為日子大概就是會這樣過了，路再漫長，總有走完的一天；時間是一帖良藥，小江心上的石頭總有完全放下的一刻。

但表面上的風平浪靜卻是騙人的，那是暴風雨前的寧靜。

「『永恆』是你嗎？」一位相熟的網友問小江，他在無意間發現一個部落格，格子的風格和小江的很像，一時好奇，跑來問他。

小江要我先去看看，我看了看文章，寫的是愛慕著一名女子的心情和一些詩詞，除了境遇和小江相似，並沒有特殊之處。

小江接著去看，他看的是對方交往的網友，並不多，好死不死，他點進其中一個主人喚「微塵」的格子；好死不死，格子的主人提到去過日本和東南亞；好死不死，小江去細讀那些文章，其中有太多他所熟悉的事物；好死不死，他完全全肯定，這是薇薇背著他另外成立的部落格——無論他是情人還是心靈上的朋友，一律被摒除在外的部落格。

在外人看來，一個人同時擁有兩個格子實屬稀鬆平常；在小江看來，這事非同小可。

薇薇為什麼需要新的格子？她想做什麼？她有什麼事是不能讓小江知道的？

薇薇說她從不說謊，她更討厭別人說謊，但她有另外一個部落格的事，小江始終被蒙在鼓裡，他是最後一個知道的人。

小江在第一時間去質問薇薇，但薇薇不承認，她說小江莫名其妙，子虛烏有的事也說得繪聲繪影，簡直集天下之荒謬於大成。

「我願化身天台上的月光，讓皎潔的愛情穿透妳幽暗的心靈，無時無刻照亮需要被呵護的妳。」小江對薇薇的愛是如此全面，但曾幾何時，讓小江全面愛著的薇薇偷偷的、悄悄的、不明目張膽的建立了一個沒有他的、全新的世界，她在那個世界裡悠遊自在、如魚得水，完全不在乎小江在世界外為她牽腸掛肚、癡情傻等，而且一點不肯誠實，把責任推卸得一乾二淨。

我想，薇薇迫切需要的是自由，在小江愛的羽翼之下，她覺得自己被限制住了，她快窒息了，她需要一個可以自在呼吸的空間。

一個認為愛是占有；一個嚮往海闊天空的無所束縛，歧異的觀念造就各自解讀的行為，裂痕於是產生。

小江問我：「第一步是開設新格子，第二步便是換新男人了，不是嗎？」

我不知道該怎麼接話。

小江再問我：「到底是誰在格子裡和別人眉來眼去、過從甚密？」

我沒說話，我最好不要說話，因為不管我說什麼，都有可能引爆他的情緒。

這兩人的衝突究竟要到何時才能落幕？為什麼好好相處一事就像永遠難以實現的天方夜譚？既然水火不容，何不乾脆「你走你的陽關道，我過我的獨木橋」，求個乾淨俐落？

是夜，我又心緒不寧的睡去，長夜漫漫，詭異的黑似乎永無止境，我亟待黎明的來臨，只不知當晨曦乍現，我是否還能以百折不撓的心境面對接踵而來的挑戰——我真的沒把握。

答案

收到雨幫我畫的素描，他好有繪畫的天分，在他筆下，我成了笑容可掬的白衣仙女，超開心。

對了，雨的文筆也很好，我曾經模仿他的風格寫了一篇短文，和他交流：

《溫度》

七月上旬，正是炎夏酷暑。

不知怎的竟哼起「夏天裡過海洋」，儘管我的心與靈魂被禁錮在這斗室，它們想念墾丁的藍天白雲，灰灰的沙灘和綠綠的波濤。

如果你來，我們能做的，會是白晝去SOGO晃晃，夜晚時騎單車在市郊吹吹風，隔絕襲人熱浪。

我們之間，存在一種憂鬱的美感。因為不常相聚，所以思念，因為思念，所以憂鬱，就跟這裡高漲的氣溫一樣，你希望它稍稍冷卻，卻怕天涼了之後，感情跟著降溫，繼續或捨棄的兩難更是磨人。

你在北部過得如何？不受噬人日光阻撓的你，身旁會不會是另一個活潑可愛的女生？還是像我一樣，望著窗外為了防曬而全副武裝的行人，身上的汗水總是不停，和我的心一樣，一直淚濕淋漓。

雨說我很棒；真正厲害的是他。

我寄給雨做樣本用的照片是舊的，那時候的我用「明眸皓齒」來形容並不過分；如今的我用「不忍卒睹」來形容並不失真。

我不是妄自菲薄，而是人要有自知之明，尤其進入某個年齡層之後。

「我今天又去看醫生了，還是痛啊！」風依舊哇哇叫。

「沒有好一點喔？」

「可能因為前天我又去慢跑的關係吧！」

「還敢說。」我搖頭。

「幾年前的那次落枕，一個星期就痊癒了啊！」

「那時你幾歲，現在幾歲？」

「就……開始要對抗中年危機啦。」

「唉！光陰似箭，歲月如梭啊！」

「剛看到一對情侶，哇靠！差一點就要親熱起來了！」

「你偷窺狂喔？」

「非也！我是光明正大的看。他們讓我想起剛退伍的時候，當時我號稱『少女殺手』，拜倒在我的翩翩風度下的不知凡幾。」

「是啦，豐功偉業無人不曉，要不要寫一本回憶錄啊？」我能想像他臉上的得意神情。

「我考慮、考慮。對了，接下來我要休假四天囉！」

「哇！真好！打算去哪兒玩？」

「去南投參加『火車好多節』的活動。」

「對喔，你是火車迷。」

「沒錯！妳知道我小時候的志願是什麼嗎？」

「當老師或是當蔣總統，大家都是這樣寫作文的。」

「才不是咧！我說我長大以後要當火車。」

「是火車的車長嗎？」我狐疑。

「不是，是火車。」

「好奇怪的願望喔，為什麼？」

「因為火車夠強壯，可以『滿足』很多人。」

「什麼跟什麼啊！應該說『服務』很多人才對吧。」

怪咖。我又仰天長「笑」了。

而笑點低，哭點忽高忽低的我也是個怪咖。

舉例來說，我很好奇，是好奇大嬸；我很愛問問題，有時可能不小心問了會讓人家覺得難堪的問題，得到的答案自然也就「想當然爾」，真是自作自受。

如果「問問題」是一種需求，「要答案」已然成為一種滿足，對我來說，其魅力就如同小朋友手中的棒棒糖一般，儘管那支棒棒糖或許是苦的——那答案不是我要的，而且它極其離譜，離譜到令我因自討無趣而覺困窘。

不過無所謂，當一個人開口提出請求的時候，他的心裡其實已先預備好了兩種答案，不是yes就是no，所以給他任何一個，他都不會太意外——我認為多經歷幾次被拒絕的挫敗，心臟會自然變強（臉皮也會變厚），慢慢不再害怕受傷害。

從前從前，我經常率性而為問風一些事——其實是藉發問以宣洩心中的不滿，希望他會站在我這邊，給予我支持。有時他並不會搭理我，因為他知道那只是我無謂的牢騷；有時他會故意技術性的將問題淡化，因為他知道等我的情緒過去就好；當他明白某件事已經對我造成不小的困擾，則會耐心的為我指點迷津，打通我的「任督二脈」。我恍然大悟，原來面對同樣性質的問題，是可以以不同的態度去處理的，這需要的是識人的智慧與洞察真相的觀察力。

小江問過薇薇無數次：「我們還要繼續嗎？」她要不是顧左右而言他，努力虛與委蛇；要不就是一概否認到底，還大發雷霆，指責他多心病，始終不給他一個明確的答案，令小江好生迷惑。

其實，那個答案早就在小江心中，只是他不願意承認罷了。

他的問題也就是答案。

很多時候，人就是問題，解決問題的方法就是先改變自己，不是嗎？

樂透夢中夢

「昨天帶兒子去學書法……對了，我跟妳說過兒子第一位書法老師的事嗎？」週日傍晚前，我剛自失眠幾天後的昏睡和亂七八糟的夢中甦醒過來，風打電話來關心我有沒有記得要呼吸。

對了，在這之前，雨回來了，並且在我的手機裡留下已經收到書的訊息。別客氣，雨。

「朋友把它們送給我，我看了後覺得還不錯，剛好你也喜歡閱讀，我只是把一份美好的友情傳下去。你也可以當它們是作文比賽的獎品，開心的收下吧！」我在手機裡打好了草稿，但方才睡太久了，又被奇奇怪怪的夢搞得不得安寧，人有些恍神，而且心情怪怪的，所以沒有送出。

還好來了一陣及時「風」，讓我一整個清醒過來。

「什麼老師啊？我沒聽你說過。」

「那老師說他不想做得太累，不收學生了，妳猜怎麼了？」

「呃……該不會是中樂透了吧！」

「差不多！他賣了一塊地，就在我們家巷口，四、五百坪，賺了好幾億。」

「哇！」我驚呼了一聲，我們家附近差不多大小的農地，能賣個幾百萬算是很好的價錢了。

「那塊地以後要蓋三十幾層的大樓，會有不少住戶。」風接著說。

「到時候不就熱鬧非凡了！」

「對啊！我爸的房子就在附近，一樓可以開店，做個小生意。」

「不錯的點子，恭喜喔！」

對了！我差點忘記，我問他：「你的脖子好些了沒？」

「上星期又去掛了急診，痛得冒冷汗，血壓飆升到兩百一！」

「嚇死人！你要聽醫生的話，好好靜養啦！」

「我學乖了，有按時吃藥，而且暫時沒去慢跑了。」

「這還差不多。要早日康復喔！」

掛斷電話後，我想起曾經作過的夢，和樂透有關的：

最近，再怎麼不知民間疾苦，我也從父親深鎖的眉頭中，看出了他正為著錢的事困擾不已。

多年前，由於誤判情勢，父親投資了一塊不毛之地，致使他的資金被套牢、無法週轉；而唯一的弟弟呢，他喜歡的對象總是用非豪門不嫁為由拒絕他的追求，失望之餘，也只好努力存錢，打算將來娶個新住民配偶，面對這一切，身為一家之主的父親怎能不憂心忡忡呢？

這天夜晚，我躺在床上，翻來覆去難以成眠。

我想著，家人的困擾說來說去全是因為一個「錢」字在作怪，只要有錢，什麼煩惱都沒有了；只要有錢，就能開開心心的過日子，但我只是個半工半讀的窮學生，又能幫上什麼忙呢？

恍惚間，收音機裡傳來「經過五期的槓龜，下一期的樂透頭彩獎金預估將高達六億」的新聞報導，我靈機一動，立刻下定決心：「好！事到如今，就跟它賭上一賭！」

第二天，我狠心打破存了很久的撲滿，湊了一千元，根據專家的建議，在傍晚六點半，用電腦選號的方式，買了二十張號碼看起來很順眼、希望無窮的彩券。

好不容易熬到開獎的時間，我坐在客廳，目不轉睛且大氣也不敢喘一下的盯著電視螢幕，等了大概一個世紀那麼久，終於，結果揭曉了……第一個號碼，中了！第二個號碼，又中了！第三個、第四個……特別號……天啊！一個號碼不差，我真的中了頭獎耶！這不是在作夢吧！我用力掐了掐臉頰，再狠狠在手臂上咬了一口，好痛！這是真的，是真的！從現在開始，我就是億萬富婆了！萬歲！

「請問妳要怎樣運用這麼大一筆錢？」電視台的記者蜂擁而至來採訪，我欣喜若狂的說：「那當然是買新房子、新傢俱、新車、新衣服……還有解決家人的問題，然後再捐出一部份來造橋鋪路……哇哈哈哈哈……」我已經笑到闔不攏嘴了！

突然，「小妹啊，妳還在賴床！上學就快遲到了啦！」老媽洪亮如獅子吼般的叫聲，嚇得我差一點從床上掉下來。唉！唉！唉！原來只是美麗的發財夢一場！我摸摸自己輕薄短小的耳垂，再看看象徵漏財的朝天鼻，一點也不像是能大富大貴的人，那種不切實際的夢還是少作吧！

對不起，老爸和么弟，我們還是靠自己吧！只要繼續努力，我們總有一天會翻身的。

咦？又忽然間，從哪兒傳來尖銳的鬧鐘鈴聲，疲勞轟炸似的響個不停，拜託誰行行好幫我把它關掉好嗎？終於忍無可忍了，我憤怒的一躍而起，卻發現身邊竟然躺著個大男人——老鄭，同時可以感覺昨晚不小心撞到桌角的手臂正隱隱作痛著，於是，我飛離虛幻的異次元空間，回魂真正的現實世界。

是的，都已經是三個孩子的媽的我，因為太常天馬行空的日有所思，所以夜有所夢，加上太懷念有父母親呵護的舊時光了，於是有此夢中夢。

還好夢境往往與事實相反，現實生活中，讓父親傷神的問題已迎刃而解；弟弟早抱得美人歸，大家的生活平凡而安定。

只是，如果夢境就等同於事實，我的生活豈不是可以過得像「櫻桃小丸子」的同學花輪家的一樣豪華夢幻了，哪還需要在這裡字字血淚的爬格子？

錢多得花不完究竟是怎樣的一種滋味呢？如果老天爺願意垂愛，我是不排斥好好感同身受一番的呀！

再見

六月八日早上，我睡到近八點半才醒轉，一看手機，小江留了三則簡訊，一則說他確定微塵就是薇薇；一則說他和薇薇大吵，薇薇抵死不認帳；一則說他已搭上高鐵，八點半會到新左營。

八點半！我的天啊！這個人是不按理出牌的嗎？他是剛好有假沒錯，但也不先問問我有沒有事！不過看來他的確是急怒攻心、六神無主了，不然不會魯莽至此。

那，我能怎麼辦？總不能棄他於不顧吧！也只好捨命陪君子了。

我問他人在哪裡，他說他剛自新左營上火車，要往屏東來。

我說，那我去屏東火車站接你。

到了火車站，我忽然心血來潮，告訴他我會去車上找他，帶他去枋寮看海，散散心。

沒想到我沒算好時間，搭錯了班次，只好在麟洛下火車，折騰了半個多小時，才又回到屏東火車站，真是超級天兵一個。

等見到小江，天啊！他好憔悴，像生過一場大病一樣憔悴。

「你是來度假還是……」這是他的假日，我總得問問他想怎麼過。

「都可以，但我沒心情。」他精神很差的道。

「那，現在要怎麼辦？」我雖然是地主，卻不知能帶他到哪裡玩。

「薇薇打了好幾次電話，我的手機快沒電了，備用電池也來不及充電。可以找家商店嗎？」

「好啊，那走吧！」

可是，我們看了附近的通訊行，還沒開始營業。

於是小江說：「還是去高雄好了。」

於是，我們又搭上北上的列車，像兩個傻子。

在火車上，小江說：「薇薇還是不承認，她去過的地方和她說過的話……明明就是出自同一個人，她還是不承認。」

「嗯。」我想告訴他薇薇這樣做自有她的理由，但說不出口。

「我問她是不是認識別人了，變心了，她只是拐彎抹角應付我。」

「嗯。」我想告訴他答案已呼之欲出，是他自己選擇不去相信，卻不知如何要表達才不會傷了他。

「明眼人一看，便知道她在新格子裡搞什鬼，手法根本如出一轍，她究竟要玩死幾個男人才甘心！」

「……」

感情是兩廂情願的，薇薇要怎樣，也得男人願意才行，你情我願的事哪能輕易論斷誰是誰非？

以我這容易著急的性子，很難沉得住氣，可操之過及是沒有用處的，只會適得其反；而不管是明示或暗喻，我早告訴過小江這些，但他聽不進去，我只當我不是他，無法體會他身心上所承受的打擊。

我唯一能做的就是傾聽，任由小江發洩濃厚、深重的不滿。

無論相同的話他如何說了又說；無論相同的話他究竟說了幾次，我就是傾聽。

到了高雄之後，我們還是不知道要去哪裡，於是我們在剪票口附近——一個星期前我曾停留過的地方坐下來，沒想到我這麼快又重返，不可思議。

小江繼續說著他的委屈和憤然，我時而不語；時而應答；時而分神去觀看旁邊的一群人——有人正專注的表演舞蹈；有人在屏氣凝神的欣賞，每個人都喜形於色，很投入，也很開心。

多美麗的一幅景色，而小江和我是景色以外的兩個黑點，明明身在同樣的場景，心情是絕對的對比，這是什麼樣的人生啊！我一時茫然，忘了己身何處。

然後，小江說：「上次我們在三皇三家的時候，妳說過一句話，我記住了。」

「我說了什麼？」我暗自祈禱，千萬別是不該說的話。

「妳說妳以後應該不會再來這裡了。」

「真有這事？」果然是二楞子，胡扯一通。

「那不然，我們今天就再去一次。」

喔，小江，你可不可以不要這麼細膩！不過是無心的一句話，你也要念茲在茲，真叫我受寵若驚。

於是我們又去了一次三皇三家，坐在二樓不一樣的位置，但吃了一樣的紅燒素烏龍麵，喝了一樣的巧克力歐蕾。

有了卻一樁心願的感覺。

我以後還有機會來這裡嗎？以後的事誰知道？

接下來呢？可惜我不能陪小江太久的時間，我必須回家處理一下事情。

於是我們又搭火車回屏東，像兩個傻子。

我把小江丟包在公園附近的商務旅館，要他先休息一下，或者到公園晃晃，我先離開去處理一些事情。

忙到晚上九點，我終於得空，買了水果和乾糧去探望小江。

我問他：「你有休息嗎？」

「有瞇了一下。」

「不好意思，今天事情多，我走不開。你有出去吃飯嗎？」

「沒關係。我不餓，剛去SOGO地下樓逛了一下，買了麵包，還去了誠品。」

他向我展示新買的幾本書，他感覺自己又有了寫作的動力。

「那很好啊，期待你發表新文章喔！」

「剛才差一點就開了葷。」小江忽然說。

「不要衝動啊！兄弟。」我驚呼，跟著遞給他一顆芭樂。

他接過芭樂，說：「我在佛的見證下發願要終身茹素，願佛保佑薇薇健康、平安，既然她不領情，我再堅持下去又有什麼意義？」

「你只是說說而已，你不會真的做的。」

「唉！愛一個人愛成這樣，究竟為了什麼？」

「愛就值得了愛，你自己也同意的。」

「是嗎？」小江問。

我不作聲，把答案留給他。

我告訴他：「剛才出門的時候，我有一種夜會情郎的刺激感耶！」

「情郎妳個頭啦！」

「讓我想像一下是會怎樣啊！」

「隨妳！」

「哼！」

「哼！」

這天是週五，我們一起看了「半熟戀人」，播到第十集了，也即將進入倒數。

但我們沒有很認真看，而是同時說著話，聊和薇薇相關的內容，只要小江說起來不累，我聽起來就不累。

趁著廣告的空檔，我走到窗邊看著外面，這是我居住的城市，快二十年了，真不敢相信，我在這個城市的大街小巷穿梭的時間竟然有如此久遠了；而如今我站在七樓高的地方，看著它雨中的夜景，只覺若夢恍恍。

等雨稍歇，夜已深，小江也該休息了，我們互道晚安，結束坐火車來來回回遊玩的一天。

第二天是鄭小升基測的日子，一早出了大太陽。

九點多，我先離開考場，問小江想吃什麼，他說他吃過旅館準備的早餐了，正在中山公園散步、吹風，他想多呼吸一下南台灣的新鮮空氣。

我到的時候，小江已經回到房間了，他在看昨晚買的書。

他說：「我已經寫好兩首詩了，妳看。」

「哇！你文思泉湧耶！」

《椅子》

那顆心有個椅子
妳坐了下來問我是不是留給妳的
有時是她有時是妳 會問我這個問題
如果心可以安慰妳 我不收回椅子 只抽回我的雙手 默默的
手必須留給佈施 而這顆心就留給 願意坐下來懂它的妳

《分手砲》

或許是懶了　或是想裝忙
據說極簡風正當道
於是我只好學著內斂起來
他說儀式沒啥大不了
不過是打了一記分手砲
舊情還是難了
喔喔　原來又是一張芭樂票　我倒
儀式千百種　內容不重要
我的新極簡風　有沒押韻不重要
做人哪　爽就好

「夠犀利吧！」小江神采奕奕的。

「Bravo！」我笑，並且拍了拍手。

一切盡在不言中。

然後，小江說他該回家了，我看看窗外，不知何時天色變了，雨就快落下，怎這天氣和人的心情一樣，陰晴不定的？我暗暗嘆了一口氣。

「也好，路途遙遠，早點啟程吧。下雨天留客，天留我？不留。那我就不留你了。」

趁著天還乾著，騎上我的老爺車，我把小江送到火車站。

「謝謝妳的陪伴和溫馨接送情。」小江向我致謝。

「不客氣，我又沒做什麼。沒有盡到地主之誼，對你很是失禮。」我心裡虛虛的。

「別這麼說，我已經麻煩妳太多了。」

「三八才這樣，再見外，就不理你。」

我沒有目送火車離開，我其實最怕離別的場面，每次都是強自忍著，不讓自己被揪心的痛籠罩。

「保重啊，小江。」

一坐上我的綠色兜風，雨傾盆而下，像某人的眼淚般洶湧，我躲避不及，被淋得濕透。

我卻不能耽擱，因為鄭小升還在等著午餐，我要買粽子給他吃，祝他高中。

穿上雨衣，我向某人的淚水奔馳而去。

豆腐渣人

「她把我的回應刪了，大概是怕東窗事發吧！可憐的我，一心一意追求真愛，卻落得如此田地！她每天都PO文，一點不開心的樣子都沒有。剛才進去舊格子，看到以前的文章，我又痛哭了！我想，世界上應該要存在另一個女生的我，才會真正愛我無悔，但有嗎？」隔天，小江在我格子留言。

「我看了你舊格子的文，其實你們自去年就開始吵了，是你真的愛她，才會一次又一次自我欺騙。」我又寫道，很是語重心長的：「小心女人的甜言蜜語吧！不知你學乖了沒有？我知道你想走出來，但你走得格外艱辛，除了你固執的相信著所謂的真愛，是不是因為你有太多、太多……不甘心？還有，若是你本來愛著一個人，但後來因為某些原因不愛了，你是不是也會想一些理由來擺脫？她若不是如此狠心，你又怎麼會清醒？你是個需要很多愛的人，不知這是否和你童年的創傷有關？真愛無罪，只是在尋求愛情的同時，不要因為自己的執著而讓對方厭倦；不要因為得不到愛就去恨；不要讓自己一蹶不振。她不愛你，你更要愛自己和值得愛的人。」

然後，他有了新發現：「『椰子樹』好像跟她很要好，他們來往有一陣子了，她有他的電話號碼，從日本回來後還送他禮物。在那邊沒網路可用，就來盧我；回來後，好康的沒有我。我痛到累了。我該完全放下，勇敢走出去了，刪光文章是第一步，明天就去換門號，沒什麼好回憶了。」

我倒是納悶：「椰子樹也是我的網友，他跟我提過他一向都是和女網友『保持距離，以策安全』的，那他又怎麼會和薇薇親近呢？」我又勸他：「你說的事我也看到了，的確有高調曬恩愛的意味，但那是人家的自由。不要再去想她為什麼會變心了好嗎？你沒有不好，你只是太有情有義。我不反對你寫文，但那要能減輕你的痛才有效；如果你因而越是沉淪，不如不要寫。不要再去她格子看了，只會越心痛，如果可以，最近都不要上網，或許這才是真正有效的藥方。」

他答覆我：「我是應該離開一陣子，我不想影響妳，這不是好事，停止再幫我，我會自己跳脫出來。謝謝妳。」

「又說哪門子話啦？」我抱怨道。

然後，我們進行著拉拉雜雜的對話。

小江說：「不知為什麼，總對女人在格子中過於顯露才華感到無可言喻的恐懼，好像也會吃飛醋，我是不是中毒了？抑或是病了？怎麼心裡會酸酸的呢？」

「你超沒安全感的，需要修理。所謂的『玩』格子，玩的其實是人性，我玩玩你，你鬧我，也是開心的元素。這裡是顯露才華的地方，你有你的文采，總有一天，會有人識得你。我不要你心酸酸，要你唱甜蜜蜜給我聽。」

「這陣子辛苦妳了，妳不明白，我在意有沒有妳的作陪，跟妳相處時感到開心也自在，謝謝妳，要當快樂樹喔！」

「我也喜歡笑容洋溢的你。」我想著他笑起來時幾乎瞇成一直線的眼睛。我叫：「這幾天沒你盯我，我胃口大好，慘了！」

有一天，小江、秀芸和我在ＭＳＮ閒聊，小江的生日就快到了，我們問他有沒有想要什麼禮物，或想要怎麼慶祝。

「我什麼都不缺呀。」小江想都沒想。

「我知道了，你缺美女，對不對？」秀芸說。

「答對了！那……就妳們兩位美女來大溪，我們一起去玩。」

小江向我提過，他想帶我們再走一趟他和薇薇走過的路，用以覆蓋原有的記憶。

「好啊！那姐姐呢？」秀芸興致勃勃的，又問了我，她一向很合群。

「我沒問題。」我附議，有得玩，我當然很開心。

但秀芸向阿德轉述這件事情後，小倆口卻吵架了，阿德很介意，他不希望秀芸和別的男人一起出遊。

喔。可是還有我在呀！難道把我當空氣嗎？

也不知道我是哪根筋不對勁，我以為阿德把我當成了壞女人，會把秀芸帶壞的壞女人，明明是簡單的友情，明明只是單純的去遊玩，卻要被污名化，我很受傷，心很痛。

「既然這樣，我還是離秀芸遠一點好了。」我把我的想法和小江分享，有些率性的。

小江勸我：「妳想太多了，人家那樣說也沒錯啊！不能去就不要去就是了，妳生什麼氣啊？」

「我是為秀芸好耶，讓她出門散個心，不行嗎？再說，我這樣子的身分又怎樣！就沒有交朋友的自由了嗎？」我一定是哪根筋不對勁，我在生氣，莫名其妙的生氣，生莫名其妙的氣，但我無法控制自己。

我躲起來兩天，完全不和任何人對話。

「這意思是……我一下子要失去兩個朋友嗎？妳不能當快樂樹，我不勉強，但求妳好生保重。這陣子有妳在，是我人生難以忘卻的美好回憶，謝謝妳，真的！希望今後的妳凡事順心。」小江留給我我不想看到的字句。

完了，我又闖禍了！小江和我很像，是會把芝麻小事想成天一般大的人，他要離開我了，我應該阻止他，但我卻只是生氣和哭，沒有行動。

而後，小江下了最後通牒：「妳今天還是沒有出現，我等了一整天。我一直在想，該多包容妳嗎？還是該責怪妳？這陣子妳為了我挺辛苦的，我不忍苛責；但是我想擺脫一個我該遺忘的人的影子，妳卻表現得像是不斷在提醒我，妳也是另一個她——會開芭樂票的她！如果我們的友誼美其名是要讓對方更好，卻一直處在讓彼此不快樂的循環中，我們是不是要慢慢更淡一些才是？我認真考慮過該用什麼方式回報妳的相挺情誼，若果我選擇疏遠，表示我們都該釋懷並學習自保，以免不小心傷到對方，真不希望我們會只剩下這個選項。單純，好遙遠、好遙遠。」

「我是另一個她？這太不公平了！為什麼老是要拿她來和我對照？我不是我嗎？還是我永遠只是她的影子？而她是沒有消失的一天了，至少在我們之間是如此。我不要回報，如果那是施捨，我寧可不要！我與她是不同的，我會證明給你看，那就是我一旦決定走了，絕對不會再回頭！也好，我們的個性真的不適合當朋友，我討厭A型人，太悶、太自以為是、太愛鑽牛角尖，這是很難改變的。我也不知要怎麼收尾，因為不管我說什麼，你總是會想起她對你的傷害，那就……就醬囉。」我也不甘示弱。

「就醬」等於「就這樣」，容我畫蛇添足的解釋一下。在這裡它不是輕鬆愉快的「那我們就這樣說定囉」的涵意，它代表著速戰速決的「我們就到此為止」。

「就醬！」當女人丟出這樣的語詞，有時表示我們已經無能為力，已經覺醒且大徹大悟，不可以再將人生虛耗在沒有意義的人和事上頭；但男人不一定懂，他們在意的是大男人不值一分錢的尊嚴和面子。

這時就顯現出一個不優柔寡斷、不感情用事，懂得快刀斬亂麻的女人的重要。總得要讓男人知道，他們總是高傲的大喊一聲「暫停」，便以為全世界都會停下來等待，殊不知女人已經在心中堅定的說了「就醬」。

但小江的犀利絲毫不遜色：「也好！在說完這些話後，我們就不相干了，這是妳的決定，我尊重，也配合。妳說過要一直挺我的，如果我喜歡讓我虧欠妳，希望妳能挺我，妳會明白嗎？帶我走出去需要很大的力氣，妳用了多少力氣呢？我自以為是！妳是第二個說這句話的人了，一模一樣的用詞，還說沒有她的影子！妳已先動搖了心志，妳就這麼害怕付出嗎？那妳期待獲得什麼呢？妳說妳是她的影子，怎麼不說她會成為妳的影子，最終會消失呢？妳在我療傷時刻下了重手，砍了我致命的一刀，妳知道嗎？妳想看到的是我第二顆心臟也濺血的慘狀是嗎？來吧！當薇薇開槍打碎我第一顆心臟時，我已魂不附體，現在妳再砍我第二顆心臟一刀，會痛嗎？還有，我從來不覺得我在施捨妳，妳不明白我要妳快樂的心意，把它矮化成施捨，我又再次看錯眼了！妳自己看著辦吧！在這當下我已傷痕累累，無力再掙扎，如果妳不再跟我說話，我也沒臉再進來；但我要說謝謝妳陪我，這一段路對我的人生來說很重要。別。」

SHIT！我怒不可遏，劈哩啪啦的反擊，由於太失控的關係，大部份的話我都不記得了，唯一有印象的是我竟然嗆他：「你說我花心又複雜，如果你夠好，你就會努力成為我最後的男人！」

SHIT！我在說什麼啊！我！

豬頭！兩個大豬頭！到底為什麼而吵？在吵什麼？有什麼意義？用尖銳的字眼傷害對方，自己就會開心嗎？人在氣頭上，自然是欠缺思考的話亂說一通，這樣的話能聽嗎？我明白，我都明白，但在那怒火中燒的當下，要冷靜是不可能的，像殺紅了眼的劊子手般，以文字為武器，我不管三七二十一的逞著一時之快。

小江沒有再理會我，而我流下委屈的淚，我不愛哭很久了，曾幾何時我成了不堪一擊的豆腐渣人，有事沒事就淚濕衣襟，幹嘛這麼不爭氣！我不喜歡這樣的自己。

不回應是最好的回應

等我冷靜下來，我明白我搞砸了，把最簡單不過的事搞成錯綜複雜，我是來亂的。我該只是當聽眾就好，而不是和小江你一言，我一語的鬥嘴，就算他毒舌到底，我該充耳不聞、噤聲不語。

前陣子是演藝圈的多事之秋。演藝圈是小我的放大版、社會的縮影，所有大家見識過的、沒見過的人性都可以由其中窺見一、二，比較特別的是，因為媒體的推波助瀾，又讓每個新聞事件更顯得曲折離奇、高潮迭起，可不是嗎——不但有某某疑似攜某某進摩鐵，卻拼了命的掩飾和狡辯，連名嘴都跟著大爆料，發展出炒冷飯的案外案的事例；更有命理師都來軋一腳，猜測人家夫妻的分與合，信誓旦旦的預言換來跌破眼鏡的結果，害得大師們忙不迭解釋半天的case；若再加上觀眾和網民，多方你來我往、唇槍舌劍，交戰的狀況之激烈簡直可用飛沙走石、電光石火來形容。

而就算不看電視，我也被迫必須在網路上接收類似的訊息，讓人想問，以上所說有哪件是干我屁事的？

你我皆凡人，都有七情六慾，差別在於能否收放自如；也或者狡猾一點說，差別在於會不會東窗事發，代誌若是逼空（事跡敗露），又該如何以對？有的男人會說：「我犯了全天下男人都會犯的錯」，這句台詞聽起或許刺耳，但至少有點認錯的意味在裡頭，對照於搬一堆爛藉口和找一堆局外人來證明清白，嘿嘿，脫罪的技巧之高下立馬可見。

人非聖賢，犯了那種只有配偶有責任追究的錯，說穿了千真萬確不關其他人的事，可惜的是也不知是誰發明了「道德瑕疵」這樣沉重的帽子，要壓得人喘不過氣，你越想安全脫身，它越要綑綁得你動彈不得。

換成是我，我會想一句比「犯了全天下男人都會犯的錯」更為懇切的話（雖然我想了很久，還是沒想到），誠惶誠恐的道歉，而後真心閉門思過，敢做敢當的不再發表任何自清的言語，因為少說少錯，你不說，誰敢說你錯？說多了，不過給人見縫插針的機會，徒然為社會添加茶餘飯後的話題，也製造越描越黑的混亂。

不回應是最好的回應，我當時如此認為。

那麼，我究竟在和小江鬥個什麼勁？我為何不乖乖閉上嘴就好？那會有什麼損失？贏了一時的意氣之爭又如何？不過是兩敗俱傷，徒費之前的努力！何況小江認為我還不夠努力。

不回應是最好的回應，但願我能長久記得這次教訓，為了逞嘴舌之利，我付出了慘痛的代價。

別欺負小江個性好，人的耐心是有限度的，看妳下次還敢不敢！

覆蓋

隔天一早，我傳訊向小江道歉：「對不起，我錯了，原諒我吧！你要我怎麼做都可以，只要是我做得到的。」

小江一直到晚上才打電話給我，說：「我也有不對的地方，我們都不要生對方的氣了，好嗎？」

雨過天晴，我們又恢復原來的和氣。

只願我的眼淚沒有白流，我要更小心謹慎，不要再犯同樣的錯誤。

同一時間，我們確定了椰子樹和薇薇關係匪淺——他們表現得那麼高調，就算不是明眼人也要心照不宣了。「事不關己莫開口」的原則我有，但我為椰子樹杞人憂天，擔心他成為下一個小江。畢竟他也是我的網友，雖然不算很熟識，但衝著他一向對我信任有加，我該為他做點什麼。

我寫了一篇文章——

《愛情VS.友情》

愛情發生之後，人們便要失去朋友了，是不是這樣呢？

熱戀中的兩人正當如膠似漆，妳也希望他們幸福快樂；然而，所謂的「真相」已昭然若揭，他們之間註定要悲劇收場，而忠言總是逆耳的，他們不願意面對，還覺得一切都是子虛烏有，權衡得失的結果，妳是最該出局的人。也好，就讓時間說明一切。

朋友與情人在我們的生命中所占的份量本來就懸殊——沒有了朋友，再找就是；失去了情人，你的自信心會崩盤、你會對人性絕望，內心的傷痛怎麼也癒合不了；愛情當然比友誼重要。

可以告訴我嗎——你／妳確定能夠完完全全滿足她／他，讓她／他永遠只需要愛情的滋潤、不需要友情的慰藉，而能快樂、沒有缺憾的活著嗎？如果能有十足的把握，請全心全意的對待和照顧她／他。

是不是在愛情來臨之後，友情便可有可無了？也好，我把他／她交給妳／你了。

文中會出現「妳」和「她」，指的是秀芸，起因於阿德不准她去玩的那件事，我沒資格介意，但總覺得該說出最真誠的聲音，以免於心有愧。

另一層涵意則是在「警告」椰子樹，別輕易「撩落去」。

「皇帝不急，急死太監」，我完全沒想到自己有可能太雞婆、太多事，也沒考慮到我自認為中肯的諫言，在他人看來其實是大不敬的詆譭。

偏執是悲劇的肇始者，我果然是自以為是的。

秀芸只是不好意思點醒我而已。

而不久後，我將自食其果，你等著瞧。

且說，「我要妳怎麼做都可以，這是妳的意思沒錯吧？」小江問我。

「對啊。」

神秘兮兮的，幹嘛？

「只要是我要求的，妳都可以做到？」

「神秘兮兮的，幹嘛？」

「那，我要妳來大溪玩，也可以嗎？」

「？」

忽然收到小江的……要說邀請還是要求呢？我一時之間慌了手腳，他的提議是可行，但我總得從長計議，畢竟我有照顧家人的要務在身。

而我明白這是薇薇回國的日子，小江早排好假的，以備萬一薇薇提出請求，他要去接機。

但他更有幾分抗拒，接機根本是毫無意義的舉動。

儘管他說決心要放下了，但那決心有幾分只有他自己知曉。

由於他換了電話，薇薇正試圖透過其他管道與他對話，沒有人能確知這會不會對他產生影響，他會不會再度心軟都是未知數。

「我考慮一下再答覆你。」我回應他道，純粹是為了必須先處理家事，我並不在乎他的目的是什麼，我又在其中扮演什麼樣的角色。

但他說如果我不方便，他會收回他的邀約。

我還是向他詢問確切的日期，並且敲定成行的日子。

等到出發的前一天，我傳了兩則簡訊給他，但沒有任何回音。

是日，神經質的我整夜沒睡，五點多就出了門，懷著忐忑不安的心情，在火車上傳訊問小江：「我在前往高鐵站途中，請給我答覆，讓我確認是不是要繼續前進。」

假若小江還是沒表示，儘管失望，為免製造困擾，我不會勉強他，我打算坐到新左營就折返，至少我實現了諾言，對彼此都有交代。

稍後，有新訊息進來，我顫抖著打開，小江說：「我會準時去接妳，吃早餐了嗎？待會一起吃。」

我鬆了一口氣：「還沒吃。好的。」

八點半過後，我在高鐵桃園站下車，而小江說他臨時有事，而且有些迷路，所以耽擱了一些時間才到。

我們討論了一下，決定先去看電影。

我們要看「星際戰警3」，買了地瓜和奶茶，找到播映的廳室，我們就位坐好。

是我從沒看過的3D版，我專注的看著電影，小江偶爾會問我演到哪裡了，他太早起，累了，有一半的時間靠在我肩上補眠。

「我每次都是自己一個人來看，現在覺得有人陪還是不錯的。」散場後，小江道。

「嗯，孤獨有好有壞。」

「那，妳有沒有想去哪裡？」

「沒有啊，我人生地不熟的，一切由你作主，不要把我賣掉就好。」

他上上下下的打量我：「依妳這種貨色，倒貼人家，人家還不一定肯買呢！」

「別不識貨了，偶低耶！沒上好的價格，咱可不賣。」

「是喔，好吧，等一下經過市場的時候就把妳丟包，展開跳樓大拍賣。」

我擉他，出手還不輕。

「不然我們先去吃飯好了，然後帶妳去水庫。」

「好啊。」

「路上會經過齋明寺，妳可以在外面看一下。」

「嗯。」

「前陣子去過一家餐廳，在半山腰，景色不錯，料理也棒，就去那邊吧。」

「好。」

這是一家名喚「雲自在」的森林咖啡餐廳，外觀屬庭園建築風格，綠意盎然，悠閒感十足。

服務人員領我們到室內用餐區，此處採用鄉村風格陳設，雅致而溫馨，四處可見設計者的巧思。此外，大片落地窗外是一覽無遺的優美景色，一株青楓臨窗佇立，綠葉隨風搖擺，此情此景，莫說雲要自在，人更自在。

小江點了陶鍋拌飯，並且請廚房幫我們料理得清淡一些。說是清淡，嘗起來卻口味適中，清新爽口，讓人回味無窮。

「我一定是自己先試吃過，覺得OK，才會介紹給妳。」小江開口道。

「就算只是小處，你也很用心，很叫人感動。」

「薇薇也來過這裡，妳知道嗎？」

「嗯。」

「她是標準的部落客，走到哪裡，拍到哪裡，除了能留下紀念，為的是可以在格子裡好好炫耀一番。」

「而我偏好以文字做紀錄。」

「每個人回味生命軌跡的方式不同。」

「嗯，就是選擇最駕輕就熟的吧。」

「鵰，很高興妳能走這一趟，這對我意義非凡。」

「我可不是完全為了你喔，我自己也想散散心啊。」

「吃飽後我帶妳去水庫走走，那附近佈滿我和她走過的痕跡，卻也是我工作的必經之處，之前由於太想念她，我經常停下車來，在無人的地方痛哭。」

「觸景傷情嘛，每個人都會。」我安慰他。

「請妳來，目的在於建立新的記憶，用以覆蓋舊的，希望妳不會覺得我太自私。」

「不會啦，能出來走走，我求之不得，何況你這麼熱誠的款待我，我有備受寵愛的感覺，謝謝你喔。」

「別跟我客氣，能招待妳是我的榮幸。」

我凝視著窗外的青楓，想像著它楓葉變紅的景象，屆時，我會在哪裡？薇薇和小江的關係會是如何？我和小江呢？

山邊的雲飄浮而過，「天上浮雲如白衣，斯須變化為蒼狗」，人生無常，以後的事還是不要先做預想，只要記住當下的一刻就好，我於是定神凝眸，用「心」拍下遠方的風景和眼前的小江，而後閉上雙眼，努力將畫面定格，將之深切存檔在我的記憶深處，以備他日隨時翻閱。

結帳時，小江堅持要請客，我拗不過他，只好隨他。他又買了一只陶土精製而成的小椅子，「送給妳當紀念，」他說：「剛好與我的那首詩相應和。」

如果不是還有其他客人在，我大概又要淚眼婆娑了。

離開雲自在時，忽地大雨滂沱，整座山林籠罩在氤氳中，充滿神秘而詩意的美感，令人不忍離去。可惜人生沒有不散的筵席，我輕聲道了再會，飛快的跑上車，和小江向下一個據點前進。

《椅子》

那顆心有個椅子
妳坐了下來問我是不是留給妳的
有時是她有時是妳 會問我這個問題
如果心可以安慰妳 我不收回椅子 只抽回我的雙手 默默的
手必須留給佈施 而這顆心就留給 願意坐下來懂它的妳

回程

車子開在水庫旁的小路上，小江向我介紹：「這裡隸屬於龍潭鄉，毗鄰大溪鎮、復興鄉和新竹縣關西鎮。」

「景色以楓林步道最具風情，步道兩旁共有三千多棵青楓，下方的槭林公園在秋冬之際景色優美而宜人。」

「那邊有一棵楓樹，我曾經冒著大雨，在樹下撿拾它的葉子。」小江指著右手邊的方向，可惜正下著綿綿細雨，視線不是很好，我看不清楚。

「你說把楓葉拼貼成了一幅畫，那畫現在呢？」我問。

「還在我的後車廂，一直沒機會送出，上次去高雄，薇薇說上面的字她不喜歡。」

「你寫了什麼？」

「夢，透明的眼淚，左心房的空缺。」

「你真感性。夢總是會醒啊！」

「或許她不喜歡夢醒的感覺吧！」

「不是說人生如夢嗎？」

「凡人大抵都是作著夢中夢的吧！」

走到半途，超殺風景的，我開始頭暈、冒冷汗、反胃，可能是睡眠不足的緣故，我暈車了。

「我不舒服，需要休息一下。」我無力的道。

「妳別嚇我啊！妳的臉色發白，還好嗎？」

「沒事，讓我休息一下子就好。」

小江於是把車子停在一處較寬廣的地方，並且拿過面紙擦拭著我額頭上的汗。

「對不起，嚇到你了。」

「原來妳怕山路，可是這附近都是山，我看，下次還是我去屏東找妳好了。」

「我平常不會這樣啊，下次我要來住一個晚上，睡飽一點再玩，就不會暈車了。」

「這麼說，妳就是要巴著我不放，是不是呀？」

「被你發現我的陰謀了！如果我再來，肯不肯收留我呢？」

「我好怕呀！」小江裝出恐懼的樣子。

「討厭！」

是挺討厭的，眼前是人間仙境般的湖光山色，而雨中的山與水充斥著迷濛的畫意，我卻虛弱到幾乎說不出話，無緣心領神會，實在太折煞小江的美意了！

稍事休息後，我覺得好轉一些，便請小江繼續未完的行程。

「真的沒關係嗎？」小江有些擔心。

「OK的啦！不好意思，我真遜，這麼一點山路就投降了。」

「那……我就不帶妳去花海囉！」

「喔。」

「那時，薇薇去花海玩的時候，在向日葵田裡笑得好燦爛，像太陽一樣。」

「是啊，我看過她的照片，人美，笑起來更美。」

「話說，妳的身體狀況比她還糟糕耶！」

「沒辦法啊！人家昨晚沒睡覺嘛！要不然……我留下來過夜好了，你陪我。」我故意鬧他。

「不行啦！妳不怕被休喔？」

「唉！人家好不容易穿上玻璃舞鞋，你就急著把人家打回原形，都還沒午夜十二點呢！」

「真拿妳沒辦法！別鬧了！我帶妳去看看我家，然後就送妳去搭高鐵，這樣子好嗎？」

他笑。

「好啦。」

遠遠看過小江的家，我們往車站出發。

「對喔！忘了要把妳賣掉了！可是妳現在臉色白白的，是白豬，不值錢了。」

「謝謝喔！」我瞪他。

五點半多一點，我們把車子停在高鐵的停車場。

小江問：「頭還暈嗎？還反胃嗎？」

我搖搖頭：「不會了。」

「看妳一副病懨懨的樣子，我乾脆宅配妳回家好了。」

你講真的還假的？

「你講真的還假的？」

「當然是真的。」

我看著他，的確是很認真的神色。

我嚇了一跳，他不需要對我這麼好。

「你的心意我收下就是，你也累了，我不要再勞煩你，我自己回家就好啦，反正很快就到了。」

有一股暖意流過我心頭，險些湧上我的靈魂之窗。

「那，反正還有時間，要不要來車震一下？」換他鬧我了。

可惡的傢伙。我不知該哭還是笑？

「車震你個頭啦！不怕彈簧被肥豬震壞的話就來啊！」我嚇他。

「人家好怕呀！」

「怕就好。」

「說實在的，鵑，妳大老遠跑來，就為了看一場電影和吃一頓飯，會不會覺得太無趣了？」

「我表現得像覺得無趣的樣子嗎？」我反問他。

「不會。」

「那就對了，我很開心，真的！謝謝你。」

「那就好。」

小江打開置物箱，拿出了一本書，說：「這給妳看。」

是「冥王星早餐」，他說過要送我，果然沒有食言。

「謝謝。」我說。

我翻了翻書，預備待會把它放進包包，卻不經意瞥見書頁裡似乎夾放了一張紙，但小江說：「沒什麼啦，先收起來，回家後再看。」

「喔。」

小江貼心的直問我要不要買名產回家，我說不用，家裡的吃食很多。

然後我們去買車票，小江又堅持要幫我付錢，拉拉扯扯的總是不好看，只好由他去。

他還買了兩瓶黑麥汁，遞過來一瓶：「喝一些，等一下好在車上睡一覺。」

我打從心裡感謝他：「老是讓你破費，真的過意不去。」

「三八才這樣。」他倒是很豪爽。

好吧！就讓無聲勝有聲。

「我要陪妳到月台。」小江忽然丟出來這一句。

「不用了啦！我自己過去就好，我不會迷路啦！」

獨來獨往慣了，突然受到這麼親切的對待與看顧，我很不適應；但心裡難免悸動。

「聽我的話吧！薇薇有的，妳也應該有。」

「是……嗎？」

又拿我和薇薇相提並論了，我可是一點爭寵的心都沒有呢！

「她一定要坐商務艙，還指定要靠窗的座位，可惜這個班次商務艙或靠窗的位子都賣光了」。

「沒關係啦，只要是坐票就可以。」

「妳很好款待。」

「現在才知道！我的好是多人稱讚少人嫌的耶！」

「是是是，豬的臉皮當然比較厚。」

我K他。

月台到了。我問他：「那我們還要來一個愛的擁抱嗎？」

「一次就夠了啦！可以回味很久了。」

「喔！」

「上一次，看著薇薇搭車離去，我心中無限的不捨和苦澀的想念，我告訴自己，分離是為了期待下次聚首，我忍住沒哭……」

「嗯……」

「我沒忘記自己說過的話，我希望她快樂，所以我必須更勇敢、更堅強。」

「你就是這樣，永遠都在替她設想。」

「唉……」

「那等一下你會為我而哭？」

「不會，我會笑，終於把豬送走了！」

「原來該哭的是我，嗚……」

列車進站了，帶著依依離情，我向小江揮了揮手，上了車。分離是為了期待下次聚首，我默唸著。但下次見面的日子會不會遙遙無期？

我欣喜於相聚卻悲傷於別離，可人生的哪一個片段不是悲喜交集的呢？

「能夠生別離總是好的，好過生死兩茫茫。」我憶及曾經寫下的字句，我反覆沉浸在或歡愉或愁悶的情緒中，無法自己。

我翻著「冥王星早餐」，書頁裡果然夾了一張紙，是前兩天小江為我在齋明寺做了布施，寺方給的收據，小江也為薇薇做過相同的事，喔，小江，你可不可以不要這麼體貼！這麼直入心腸！你真的好得太過分了！

我泫然欲泣。

我知曉小江的用心，他起了這個頭，意在鼓勵我將關懷別人的心念傳遞下去。

驀然間，一個念頭襲上心頭，我想念許久「未見」的風，半年多沒有他的消息了，不知他可安好？

或許突兀，而我也有些猶豫，但我還是捎了訊息給他：「我正要離開北部，感覺離你很近，特地向你問好。」

萬一他換電話了呢？萬一他打算和我老死不相往來了呢？萬一……我想了許多，但我管不了那麼許多，反正當下的感覺已經糟到谷底，縱使隨之而來的是失落，我也麻木了。

風果然沒有理會我，我要自己別在意。

小江打過電話，但我開了靜音，沒接到。

我回傳了三則簡訊，分別在台中、台南和搭上回屏東的火車後，車窗外的夜景美得令人著迷，我無心觀賞，也難能閉眼休息，除了似箭的歸心，我掛意的還是小江，他和薇薇間的紛紛擾擾不知何時得以落幕；而我和小江已經有過兩次不愉快，雖然我們試著修補那無形的裂痕，我總有隱隱的憂慮，擔心著暗藏在黑暗處的不定時炸彈將在下一刻引爆，震耳欲聾的聲響之後，我會粉身碎骨。

砰！

親愛的

第二天早上，我正在上網，先是瞥見手機的螢幕亮起，等鈴聲響起，我拿起來一看，是風！

坦白說，我並沒有特別期待他的「出現」，半年畢竟不算短，足以發生很大的變化；而即便意外，還不足以令我大驚失色，根據我對他的了解，他是念舊的人；尤其我們之間沒有深仇大恨。

我們只是閒話家常，問候彼此的近況，我沒有提起他不告而別的事，哪壺不開偏提哪壺只會增添尷尬。

之後，我傳訊給他：「謝謝你打電話來，知道你還有在呼吸，我就放心了。我想過你消失的原因可能和伯母有關，但我更在意的是是否我哪裡做得不好，讓你失望，因而對你的沉默覺得生氣，這是很複雜的情緒上的轉折。因為害怕和生氣，以致沒有對你多關心，這是我的不對，最近的我變得多愁善感，想到我們之間、我對你的誤解，竟然想哭，不過是釋懷的淚水。」

此後，我很少主動打電話給他，我只傳訊，一天頂多兩則，並且要他不用回覆，而撥電話給我的時間以他的方便為主，他有空，我會陪他聊聊；他忙，我會去做自己的事，不空等，更不會因為等待而發脾氣，我們相處的模式大約如此。

我的用意在於希望彼此都可以感到輕鬆、沒有壓力，失而復得的友誼更需要細心呵護，給對方最大的自由才是經營友情的最佳方法。

而這一天終於來了。

幾天沒和小江說上話，我跟他約好當天晚上要好好聊個夠。

可是他卻到我格子來，說：「有時候妳的回覆真是讓人無言，看了之後心情總會莫名的難過起來……」

完了，我又做錯了。

是「愛情VS.友情」惹的禍——

「愛情發生之後，人們便要失去朋友了，是不是這樣呢？」

熱戀中的兩人正當如膠似漆，妳也希望他們幸福快樂；然而，所謂的『真相』已昭然若揭，他們之間註定要悲劇收場，而忠言總是逆耳的，他們不願意面對，還覺得一切都是子虛烏有，權衡得失的結果，妳是最該出局的人。也好，就讓時間說明一切……」

網友讀了後，回應道：「一旦要好的朋友談戀愛、結婚了，大家的友誼就漸漸淡了，因為對方生活不再寂寞，而且開始忙碌，等到她／他再來找妳／你時，可能是感情不順遂，需要支持，身為好朋友，往往能體會對方的立場，原諒對方之前的冷淡。」

說得很貼切，不是嗎？

於是我回覆她說：「其實我不希望他再來找我，因為那可能表示他心情不好，需要向人傾訴；不過我會等，或許他也有可能是要來和我分享他的幸福。」

我的文章是受秀芸和椰子樹的啟發而寫；我回覆的「他」指的是椰子樹，小江卻自行對號入座，以為我在指桑罵槐。

是我的文筆太遜，才會造成別人的誤解。

本來還期待著晚上的電話，我卻有些提不起勇氣；可是不打電話，他又會胡思亂想。動輒得咎的滋味不好受。

我還是撥了電話給他，向他解釋：「當初是因為阿德不讓秀芸和我們去玩，我一時心有所感才寫了文；後來見椰子樹和薇薇走得近，我不想見他步上你的後塵，所以好意提醒他。」

「椰子樹會向妳傾訴？會嗎？妳騙誰啊！你們又沒有任何關係！還是你們真的有關係？」他在抓我的語病。

不回應是最好的回應，我沒說話，也說不出話。

「妳的文章分明是針對我而寫的！妳想傷害我對不對！妳以為模稜兩可就可以掩飾妳真正的意圖嗎？」他大發雷霆。

我們不歡而散。

稍後，我在格子裡回他：「親愛的，我不怪你曲解我的用心和用意，讓你難過，我的心裡何嘗好過？如果我的存在不過是增加你的負擔，那請讓我離你遠一點吧！」

關於文章，我說的是真話，若有虛假，當受天打雷劈之刑，我無害人之意，無端被扣帽子，我心如刀割。

「想離開」則是氣話也是真話，既然你要找碴，那就是不當我是朋友了，我還有什麼好留戀的；所謂眼不見為淨，耳不聞為寧，不要再涉入對方生活是結束所有擾攘的釜底抽薪之計。

其實，「小江」是我為了行文方便所設，從開始到現在，他會喊我的名字，我卻從來沒有叫喚過他，一次也沒有，因為我不知該如何定位他，所以從來都是稱呼「你」而已，這不是有禮貌的行為，但我一直沒能改過來。

我和風亦然，好像「認識」久了，反正熟了，稱呼於是能免則免。

風在電話中會不由自主冒出「欸，我跟妳說喔」之類的口語，我倒是覺得挺親切。

我不明白自己為什麼會忽然特意用「親愛的」稱呼小江，更不明白這怎麼會犯了他的忌諱，我平常也會在格子裡說「親愛的大家」或「親愛的雨」啊，這不是很一般而自然而然的事嗎？

但小江更氣憤了，他說：「不要叫我『親愛的』，妳這樣叫好像越界了！這時候這樣的稱呼會讓我感到驚慌與害怕！在我沒有靠自己的力量走出去之前，我不會再與妳有任何接觸了，這樣我會比較快跳脫出循環。還有，妳剛剛的硬ㄠ有點沒誠意，直覺告訴我，妳在說謊，椰子樹會跟妳傾訴嗎？他會去找妳？女人，不會都只有『騙』這一招吧！我沒怪妳，事實上我還要感謝妳對我的關照。接下來的路，跳脫會很苦，但我決定自己來，希望妳能接受與理解。」

是秀芸提醒我，我才猛然想起「親愛的」是薇薇稱呼小江的用語。

原來如此，我侵犯了薇薇的專利，等於間接踏入小江的地雷區，被炸個面目全非也屬理所當然。

而因為薇薇說謊，所以我也說謊，是嗎？

乾脆說我更卑劣、低賤好了。

好吧！既然這樣，我走就是！

於是我回他：「為什麼你老是要在文字上做文章？你一天不擺脫薇薇造成的陰影，我再怎麼做都沒有用的！」

有人說：「文字就只是文字，不過是書寫者手下的表演。」

是啊！不管世界多麼如火如荼的進行著爭戰，因為文字一向無聲無息，一切看來都好像和它們無關，它們只是人類文明的旁觀者。

是啊！文字始終沒有任何表象的安靜著，不待需要，我們甚至感覺不到它們的存在。

是啊！當我們口沫橫飛的說著話，聲音至少有抑揚頓挫、輕重緩急的變化；但文字沒有，它們冰冷而死板而枯燥，有時在我費了些許時刻與它們相處之後，總要外出透透氣，不然真怕要悶出病來。

但真的是這樣嗎？一張沒有文字的紙就只是白紙，而一旦它被寫滿文字，就可能是一份珍貴的紀錄與永恆的回憶；而如果文字沒有屬於自己的感情和表情，那麼我們會對著情書大展歡顏、對著分手信熱淚淋漓、對著報紙或搖頭興嘆或拍手叫好的行為舉止又是所為何來？

是故，不！文字不只是文字，它們也是人類歷史的演化、文化的傳承、溝通的橋樑，而所謂「我手寫我心」，它們更是一個人思想與內心情緒最深刻而直截了當的表達，對於寫作的人而言，說他們勤於筆耕的目的是為了達成對文字的運用自如，甚或與之合而為一的境界亦不為過啊！

有時我想，也或許，文字已經或將會反客為主的滲透並主宰了我的生命，我不知道這是不是應該值得擔憂；但往好處看，只要它能讓我的生命不留白，我會心甘情願的成為一個最忠實也孜孜不倦的奴僕。

我已經和文字建立如此深厚的情感，卻偏偏，一篇文章便足以具備毀天滅地的爆發力，我無論如何是難以接受的。

由於每個人的經歷不同，對於文字的感受或有差異，難免會發生作者與讀者在溝通上有所意見相左的狀況，這並不是前者功力不好、未能通情達意，也不是後者領悟力差或故意扭曲文章的原意，有時是「說者無意，聽者有心」，還斷章取義聽出了弦外之音，於是在彼此的認知上造成一點小小的隔閡罷了！此時，真希望大家能多一些寬容，多平心靜氣往正面的一方去想，以客觀的態度去讀對方的心，而不是在文字表面毫無意義的打著轉。

然而，希望僅只是希望，事實和理想總有差距。

我和小江，我們共同走過艱辛的路，那又如何？如今路尚未到盡頭，而我們必須停下腳步。

小江告訴秀芸：「有時候我覺得她真的幫我很多，可是她又常丟出一些我原本沒有的困擾給我！醫生只需開藥單與陪伴，而不是把她自身的問題也一起丟給病人……」

唉！一切都要怪我自己，沒事幹嘛假會！

我太高估自己，以為只要有熱誠，就足以攻無不克，卻忘了好心也會做壞事，我做的壞事簡直天理難容。

「請鬼拿藥單」說的就是我這種徒有衝勁，卻不具謀略的人，小江對我太客氣了，我根本不是醫生，醫生還可能讓病人恢復健康，我是鬼，會奪人性命的鬼。

可是，淚水卻不接受我的自圓其說，它們一串一串囂張狂妄的奔流，不管我是否承受得住，是的！我是鬼，一隻特大號的愛哭鬼。

放下

情緒翻攪了好幾天，我像站在十字路口，無法確定下一步該往哪個方向走。

「半熟戀人」播出完結篇了，孟克槐和黎曉陽之間發生了天大的誤會，最後，誤會冰釋了，他們言歸於好，從此過著幸福快樂的日子。

但這是不太可能在日常生活中實現的事，至少我就沒遇過，偶像劇之所以能成功，只因為它們滿足了我們無法被滿足的缺憾。

我看「千山有水千江月」，男主角大信入伍服役，忽地與女主角貞觀斷了通信，貞觀只聽說他公務纏身且身體不適，其餘一概不得而知，在無計可施的情形下，只好求助於大信的母親，大信的母親於是專程飛了一趟外島，貞觀卻因而受到大信的責怪：「妳這樣做，我很遺憾！」貞觀一時悲痛，賭氣退回大信所寄送的一切信、物，至此兩人恩斷義絕。

我從來無法想得分明，為什麼某些事情的變化只存乎剎那之間？為什麼曾經相濡以沫的朋友可以說翻臉就翻臉，一夕之間形同陌路？為什麼是與非非得要繫於一念之差，從來沒有緩衝的餘地？

「在貞觀想來，寧可他枉屈她，也不要她未對他盡心……。對與錯是極明的，應該做的事都應該去做，人生只這麼筆直一次，弄錯了，再等下輩子，還得那麼久……被曲解只是痛苦，痛苦算來算去也只是生命的小傷；該做未做，人生卻是悔恨與不安，悔恨是連生命整個否認的，是一輩子想起，都要捶心肝！」貞觀如是說，我絲毫不覺她有錯。

但大信也是對的，他有他的立場和考量，要母親為他擔憂、奔波，他自覺有愧孝道。一段無限美好的緣分因為「沒有任何人做錯任何事」而毀壞，總是令人扼腕。

雖然和小江才認識短短幾個月，我們有太多共同的回憶，要說放棄就放棄不容易。可是不放棄，我終究是讓他想起薇薇的媒介，我的存在不過為他製造困擾。

徘徊於十字路口的我該直走還是轉彎？

風說有一次鄰居家施工，工作車擋住了出口，他請對方移車，對方的口氣和態度都很差，不願意配合，他據理力爭了很久，對方終於退讓，「只要是對的事，就要極力去爭取，知道嗎？」他說。

但小江對我的誤解已然根深柢固，據理力爭只會讓整件事情越是千絲萬縷。

很多時候，我們汲汲營營於追求一個道理，想要釐清某件事情真正的樣貌，當無法如願，不能掌控全局的不安全感讓我們如坐針氈；然而有時結局是殘酷的，即便它讓人恍然大悟，卻不會要人豁然開朗，「早知如此，我寧願什麼都不去爭取」，我會這樣權衡得失。

此時，放下是自我解脫並提升之道。放下不等於放棄，放棄是迫於無奈，不得不做的決定；放下則是一種大而化之的坦然，一種讓一切隨風而逝的釋懷。

放棄很難，除非已經哀莫大於心死；放棄也很簡單，不要再去想、去做便是。

放下很難，要拋下的執著太多；放下也很簡單，只要相信，目前已是最好的狀況。

網路上說：「女人一生該遺忘的十種人包含曾經深愛妳的人、妳曾經深愛的人、妳背叛過的人、妳最恨的人、妳愛他他卻不愛你的人……」我想，女人們或許各自擁有一張名單，曾經愛過的、恨過的、讓妳開心過的、傷痛過的……只因有緣無分，徒留斷腸人在天涯。

「遺忘」可以與「刪除」連結——特別是電腦鍵盤上的那個得力助手，我愛它，經常使用它，每次使用，總有種如入無人之境、渾然忘我的高亢情緒夾帶舒暢輕盈的快感排山倒海而來。

在還沒有習慣使用電腦寫作之前，紙和筆是我最大的依靠，其缺點是我的思想一向天馬行空，偶或荒誕不經，在塗塗改改之後，內容往往變得雜亂失序，還要費一番功夫重整，很是頭痛。有了這個可愛的鍵，只要輕輕一按，那些怪異的念頭和冗贅的字句都將在一秒鐘之內化為烏有，既不影響文章的完整性，也趁機拔除眼中釘、肉中刺，可謂大快人心。

比較讓我感到為難的是，雖然明知遺忘是一種自我保護的機制，對於某些人、事、物的記憶，卻不是說刪除就能令它們灰飛煙滅，儘管一再告訴自己要速戰速決才能落個輕鬆，但這念舊的個性啊，總要讓那些不算愉悅的印記折磨到幾近體無完膚，才會心甘情願而自然的遺忘，很是傷腦筋。

根據醫學報導，神經生物學家將研究出一種足以清除恐懼或痛苦的記憶，同時不損害大腦功能的藥物，對一直受揮之不去的過往所侵擾的人來說，這實在是一大福音。然而，人生原本就是喜怒哀樂兼具，去除了那些傷痛的陳跡，我們必然會只剩下單一一種愉悅自在的情緒嗎？當我們藉外力來清除對一段不盡理想的感情、那個不願再想起的人的記憶，假使我們並沒有從中學到教訓以避免同樣的狀況一再重演，這和暫時藉酒精來麻痺自己一樣，都是逃避，不是面對並徹底解決問題的好辦法。

經驗必須被記取，某些往事則必須被遺忘，面對生命，我們可以做的應該是去蕪存菁，刪除不必要、有妨礙性的記憶，複製珍貴的、有助成長的部份並將之永久存檔，這是對生命抱持肯定並且負責任態度的表現。

而蕭麗紅女士在「白水湖春夢」中寫道：「情重，得女身；受苦，沒藥醫」，每一閱讀，我總是恍然大悟，彷彿找到一路走來受盡洗練的原因——原來，在我呱呱墜地那一刻，一切早已底定，我將遠比我的父執、我的兄弟還要更為愛而付出——這顯然是不治之症。

女人一生，難免要談一次刻骨銘心的戀情，在其中，可能幸運遇到成就妳、尊重妳的人生價值的男人，或不幸碰到踐踏妳的自信、讓妳對愛情絕望的男人，對於後者，兩忘煙水裡自是最好；然而，當妳想起曾經的陶醉，當嘴角蕩漾出上揚的弧度，那是幸福無比的吉光片羽，即便是痛徹心扉的每一秒，都有如鳳毛麟角般珍貴，要不要遺忘？捨不捨得遺忘？分寸在各人心中，由各人拿捏。

「不要因為也許會改變，就不肯說那句美麗的誓言；不要因為也許會分離，就不敢求一次傾心的相遇」，女人只要曾經依循內心最真切的聲音去追逐屬於自己的夢——一個可能永遠無法實現的夢，在那個夢裡遇過幸福無比的自己，如此，已然足夠。

電影「全民超人」說：「有的情人註定不能成雙，他們相愛起來很快樂、很甜蜜，一旦要常相廝守，卻可能彼此傷害、互相滅毀，製造出極大的災難。」仔細一想，許多演繹於紅男綠女之間的故事正是如此，天長地久未必能和幸福快樂劃上等號，只開花卻不結果的感情其實也算善終。

我對曾經的愛人們沒有任何怨言，事實上我對他們心懷感謝，沒有他們的淬鍊，不會有今天勇敢而堅強的我。

任何時候，當我想起那些讓我愛恨交織的人，我心存感謝，感謝那或美麗、或不堪的過往，並微笑以對，欣喜於那樣的歷練讓我成長、使我蛻變。

至於親人間的情分，上個月我去參加了表哥的告別式，表哥跟我同年，還算年輕，但人有旦夕禍福，生死的事誰也說不準。

我見到了久違的舅舅、舅媽、阿姨，上次和長輩們見面是在外公的喪禮上，我喜歡相聚，但不要是在類似的場合，悲傷的心情不適合團圓。

為了不要再留下遺憾，趁還來得及，我們相約春節時無論如何要抽出時間，愉快的共聚一堂。

而對待每位朋友，我總是要求自己盡力去付出。

為了幫助小江走出來，我已竭盡所能，把結局弄得兩敗俱傷並非我的本意，我萬分內疚而自責。

之所以把他和薇薇的故事記錄下來，目的不在於醜化任何人，只是想把它當作借鏡，要自己更加謹言慎行。更願沉緬於愛情中的男男女女，要愛就努力去愛；一旦真的處不來，就灑脫的放下。

學習放下的實質意義在於，要用「心」去挑選情人或朋友，在那之後，別去記恨、翻舊帳、鑽牛角尖；進一步說，它是一種警惕，要我們把握此時此刻，好好對待疼惜我們的人。

至於那擦身而過的緣分，就心存祝福吧！人生際遇瞬息變幻，只當兩人偶然在紅綠燈下相逢，或許點頭致意，或許閒聊幾句，之後便必須各自朝不同的方向離去。

有人說，人與人之間能否相處靠的是微妙的磁場問題，而我更相信所謂的因果——無論它們被播種於何時，收成於何日，前世或今生。

世間正進行著四種人際關係：相吸、相斥、既相斥又偏偏要相吸——怨懟多於歡愉的冤家，兩人間的愛恨糾葛是緣是孽其實彼此心知肚明，但卻往往喜歡假裝糊塗，帶著恨不得殺了對方的意念一同虛耗著，打算糾纏到天荒地老、既相吸又不得不相斥——愛情著實來得太遲，只能用相見恨晚來形容那份怏然，起初由於還無法掌握對方的心思，猶豫著不敢跨過那道界線，深怕表白後終於會分手；即便說開了，明知無緣修成正果卻又拼命相愛，矛盾掙扎中只得狠心牙一咬、心一橫把對方推開，但又切割不斷、克服不了那份不捨，這是最令人感覺無力的一種。

不管你正或曾經經歷何種人際關係，總之，緣盡的那一方已成歷史，在未知的未來，有更美好的一段緣分在等待，且放下低潮的心情、滌靜疲憊的靈魂，微笑著，靜待有緣人。

而在走過太多冤枉路之後，現在的我雖重情，然知止於當止；我的情不侷限於世俗的男歡女愛，而是懂得「己所不欲，勿施於人」的同理心。

身為女性，沒什麼好妄自菲薄的，事實上，女性惜情、念舊、天生心思敏銳、慣於犧牲奉獻，這是我們的強項，雖則我們或許因而如墜深淵，只要世間將更形美好，我們義無反顧。

一起加油。

國家圖書館出版品預行編目資料

愛，網 / 鵲芝 著 --初版--
臺北市：博客思出版事業網：2013.1

ISBN： 978-986-6589-90-4 （平裝）

855 102000011

心靈勵志 20

愛，網

作　　者：鵲芝
美　　編：鄭荷婷
封面設計：鄭荷婷
執行編輯：張加君
出 版 者：博客思出版事業網
發　　行：博客思出版事業網
地　　址：台北市中正區重慶南路1段121號8樓14
電　　話：(02)2331-1675或(02)2331-1691
傳　　真：(02)2382-6225
E—MAIL：books5w@gmail.com或books5w@yahoo.com.tw
網路書店：http://store.pchome.com.tw/yesbooks/
http://www.5w.com.tw/
博客來網路書店、博客思網路書店、華文網路書店、三民書局
總 經 銷：成信文化事業股份有限公司
劃撥戶名：蘭臺出版社 帳號：18995335
香港代理：香港聯合零售有限公司
地　　址：香港新界大蒲汀麗路36號中華商務印刷大樓
C&C Building, 36,Ting, Lai, Road, Tai,Po, New,Territories
電　　話：(852)2150-2100 傳真：(852)2356-0735
出版日期：2013年1月 初版
定　　價：新臺幣250元整（平裝）
ISBN：978-986-6589-90-4